생각들이 정갈한 저녁

이근숙 시집

생각들이 정갈한 저녁

초 판 인 쇄   2006년 8월 7일
초 판 발 행   2006년 8월 11일

지 은 이   이근숙
펴 낸 이   배준석
펴 낸 곳   **문학산책사**
등   록   제384-2006-000002호
주   소   경기도 안양시 만안구 안양8동 550번지
          ㉾430-018
전   화   (031)468-6565
휴 대 폰   011-437-8303
홈 페 이 지   cafe.daum.net/munsan1996
이 메 일   beajsuk@hanmail.net

값 6,000원

이근숙 시집

생각들이 정갈한 저녁

문학산책사

自 序
시집을 묶으며

남몰래 간직한 씨앗 한 톨
몇 십 년 간직하고 있었습니다.
어떻게 심어야 싹을 틔우고 꽃을 피울런지
두리번두리번 헤매다가 스승을 만났습니다.
그리고는
한편한편 마음 모아서 소박한 글길 엮습니다.

2006년 7월

이 근 숙

차 례

自序

1 부

2 부

3 부

4 부

5 부

1 부

꽃게

젖니 두 개
잇몸 다보록한 아기가
젖 빨다 엄마 젖꼭지 꼭 깨물었습니다.

"아야"
엄마가 놀란 소리에 아기는 쌩긋 웃습니다.
엄마가 아기 볼기짝 살짝 때려줍니다.

그것 봐라,
꽃게는 먹지 말라고 할머니가 말씀하셨지,
아빠가 싱글벙글 놀렸습니다.

아기는 꽃게랍니다.
두 개의 집게 발 닮은 젖니 두 개
닿는 것이면 아무거나 물고 마는

앙증스런 꽃게랍니다.
발그스름한 볼
삐뚤삐뚤 기어보는 배밀이

고물고물 두 손에 잡히는 건
꼭꼭 깨물어야 시원해지는
간질간질한 젖니 두 개.

(01.3)

그림자

요 녀석, 내 치맛자락 움켜쥐고 흉내 내는 요 녀석
내가 쩝쩝 입맛 다시면 저도 '쫑쫑' 입술 오므린다.

한 손으로 불쑥 장난감 병아리 집어주면
오동통한 한쪽 손만 보스스 내민다.

눈 맞추고 두 손으로 가만히 집어주면
조가비 양손 포개고 다소곳 받아든다.

한 발짝 두 발짝 엉거주춤 걸음마
'달싹' 엉덩방아 찧는 모습 오금 저려

호호호 웃음보 폭죽처럼 터트리면
덩달아 방긋방긋 고 녀석 얄밉다.

먹는 것, 입는 것, 보는 대로
어설프게 할미 따라 노는 돌잡이 손자 녀석

팔 저리고 허리 휘청 버거워 쩔쩔매도

세상살이 여러 일 중 이만한 기쁨 없어

바라만 보아도 절로 대견해
꽃잎처럼 벙글벙글 노년기 사랑.

（01.1）

영생침술원

그 동네 삼거리 조금 못미쳐 후미진 골목길
앞 못 보는 소경이
손끝으로 더듬더듬 맥을 짚는 침술원 있다.
이곳저곳 눈 들면 빛나는 학문으로 무장한 의원
모두 두고
그곳을 일부러 찾는 사람들이 더러 있다.
그 동네 반 지하 단칸방에 혼자 사는 등 굽은 노파
삼천 원만 생기면 그곳으로 왕림한다.
누구 하나 반기는 이 없는 그도 거기가면 왕이다.

영생침술원에는
연분홍색 칸막이 방이 세 칸이나 된다.
황송하게 다 차는 날 가끔 있어
잠깐 기다려도 송구해서 쩔쩔매는 안절부절에
도리어 괜찮노라, 선수(先手)를 쳐야한다.
때 묻은 시트 위에 환부를 들이밀면
보일 턱없는 눈동자로 찬찬히 들여다보고
손끝으로 더듬더듬 용케도 짚어내어
딱딱 입 벌어지게 지압으로 누르거나

팍팍 거침없이 찔러 사혈을 뽑아낼지
살살 아이처럼 달래 침을 놓을 건지
가만가만 가려낸다.
눈 뜬 사람 눈 먼 그에게 몸 의지하면
들어설 때 뻣뻣하게 보채던 환부가
나 설 때쯤엔 숨죽여 다소곳해진다.

그곳 영생침술원에 들어서면
스물여덟 창창한 나이에 두 눈 어이없게 잃고
차라리 죽음으로 내달렸던 그 사람
어떻게 격랑을 감당했는지
들어서는 사람마다 조금씩 전이된다.
힘겹다 투정하는 삶이 얼마나 사치스런 호사인지,
구겨지고 주눅 든 사람일지라도 그곳에 드나들면
툭툭 털고 일어서는 세상살이를 배운다.
가장 낮은 사람들의 온기가 묻어 나오는 곳,

오늘도
후미진 골목 그 곳 영생침술원에는

앞 못 보는 그에게
설운 삶 아픈 통증 들어내려
문 밀고 들어서는
고개 숙인 사람들이 있다.

(02.1)

사과

육교 아래
노점상 나무상자에 맨살로 드러누웠습니다.
"저를 팝니다."
투박한 아낙의 손길에 이리저리 내돌림 당해도
제가 무슨 말로 항의를 하겠습니까,
백화점 진열대의 호사는 이미 접은 지 오랩니다.
그저 검정비닐 봉투 안에 한기라도 달랬으면 합
니다.
한 가지에서 나고 자란
크고 잘난 형제들이
비단 옷 치장하고 대접받는 네온 아래 호강하고
있다한들
시새움도 못합니다.
시절 맞춰 햇볕 듬뿍 부지런히 길어 올린 그 정성
감히 넘볼 수야 없지요,
한눈팔고 세속에만 휘둘린 제 탓 인 걸요.
눈발 휘날리는
차디찬 이 계절 끝자락에
이렇게 언 몸으로 누운 처지를

이제야 깨닫습니다.

볼품없는 못난 저를 누군가 덤으로 얹어간들 투정도 못합니다.

초봄부터 어설픈 꽃망울도 그렇습니다.

한여름 뙤약볕에도 몸 달구지 못한 일

가을햇살 허술하게 외면한 일도

저의 태만인 걸요.

"저를 팝니다."

살까말까 당신의 망설임에 가슴은 숯덩이가 됩니다.

마지막 자존심 한 가닥도 꼬깃꼬깃 구겨 접습니다.

당신을 위해

한 입의 상큼한 입가심이 되겠습니다.

한 잔의 주스로 기꺼이 분쇄되겠습니다.

행여 모자라면

가슴에 고인 피눈물이라도 보태겠습니다.

"저를 사세요."

(01.2.)

연

생대 잘라 뼈대 만들고
창호지 옷 입힌다.
동그란 방구멍 없이
한 마리 가오리다.
머리에 액(厄)을 새기고
탱탱한 떡 줄이 심장이다.
푸른 하늘 물살에 살짝 놓아
얼레 줄낚시에 손맛을 느끼는
자유롭게 유영하는 한 마리 물고기.

바람 부는 언덕에 올라
얼음장 시린 창공에 방생을 한다.
태생의 자리가 멀어질수록
처음의 어지러움 사라지고
깃털처럼 가볍게 춤춘다.
흰 포말 같은 구름 위로
가슴을 열어 바람을 타면
아득하게 먼 이상 불빛처럼 다가온다.
그 순간

24

떡 줄 뚝, 끊어 연(緣)을 버리고 액을 날리며
엉킨 인연들 슬그머니 놓아
가오리 한 마리 자유를 방생한다.

(03.2)

콩의 일생

한 구덩이 알몸으로 서넛이 드러누워
흙으로 부끄러움 덮어두면
스치는 바람과 밤이슬만으로
머리를 땅에 박은 병아리 부리 닮은 싹들이
영차, 영차, 흙 밀치고 불끈 깨어납니다.
산비탈 메마른 박토에 군말 없이 뿌리내려
햇살 향해 기지개 켭니다.
오뉴월 염천에 집을 짓고
축 늘어져 절반쯤 기진해도
알갱이 다독다독 부풀립니다.
불룩한 배를 내밀쯤이면
만삭의 노란 가을이 됩니다.
보란 듯이 동글동글 꽉 찬 꼬투리
자랑스레 우르르 쏟아냅니다.
이리 튀고 저리 튀는 천방지축 그것들
제 몫 하기까지 마음을 불립니다.
우둘투둘 맷돌에 온몸을 으깨고
절절 끓어오르는 가마솥에 또 한 번 담금질
한 가닥 자존심까지 짜디짠 간수에 삭혀

순백의 순정만 모읍니다
제 이름 흔적 없이 지우고
보드랍고 반듯하게 다듬어
가만가만 세상 밖으로 보냅니다.
어디 내놓아도 반듯한
사각의 정갈한 매무새로
부드럽고 뽀얀 얼굴로 베 보자기
이불삼아 수줍게 시장구경 합니다.

(02.1)

뱀

언제나 말없이 살아가는 나,
잘못 몸뚱아리 내비치기라도 하면
공연히 적의 품고 돌팔매질이다.
혓바닥 날름거림은 살아있는 의식이다.
단지 주변을 탐색하는 습관일 뿐
뱃구레에 힘주어 비늘 일으켜 세우는 것도
생존위한 발버둥일 뿐이다.
걸을 수 없는 비운과
구부려 곡선의 정점으로 치닫는 고뇌와
눈감을 수 없는 비애는 시야의 오류다.
혐오스럽다 돌팔매질 당해도
먼저 공격치 않는 예의는 안다.
간혹 모가지 빳빳하게 치세우는 일은
적에 대한 최소한의 방어일 뿐이다.
쯔쯔가무시 퍼트리는 들쥐에게도
공복만 해결되면 공존을 꿈꾼다.
그러나
모욕당하며 험난하게 헤쳐 온 길
이유 없이 비위를 건드리는 놈

결코 용서할 수 없다.
아가리를 딱 벌리고 칭칭 감아 조이는 날엔
어떠한 적도 백기 들어 항복이다.
목표물 정하면 후퇴는 결코 있을 수 없어
거듭거듭 겉옷 벗어 던진다.
결 고운 무늬를 위해
타협 않는 지조를 위해
더 이상 물러설 수 없는 생존을 위하여.

(01.5)

수첩

서랍을 정리하다 몇 년인가
잠자던 기억을 주웠다.
손때 묻어 남루해진 겉장만큼
속마음은 새카맣게 흠집 났다.
갈피마다 치열한 흔적 선연히
깨알 같은 생각들 파편처럼 모여 있다.
손가락 짚어가며 지난 일 돌이키니
이미 아득해진 묵은 인연들이다.
지난날 가슴 뒤흔들고 들뜨게 했던
더께 낀 굴곡들 고스란히 동면 중이다.
불멸의 어록처럼 붙들고 전전긍긍
소용돌이치던 감정들 밀쳐놓고
지금은 타인처럼 담담하다.

시간 지나면 하루의 꼼꼼한 일상도
저것들처럼 무심하게 잊혀질 것이다.
일순간 옷자락 스치는 바람결처럼
봄꿈처럼 사라질 오늘에 아등바등 한다.
조바심에 몸 달아 입술 타는 시간도

헐레벌떡 톱니 속에 맞물리는 시간도
어느 날 고스란히 허물어질 집착들이다.
아슴아슴 묵은 기억 들추다가
잊혀가며 사라지는 모습들 본다.
기억에서 멀어지는 누군가를 보고 있다.
아무렇게나 방치되다 쓰레기에 혼합되는 生
갈기 푸른 나날들 활화산 같은 희망의 편린들까
지도.

(04.12)

볼펜

검은머리
흰옷의 백의민족.
조선시대 민초다.
정갈한 화선지 수묵화는 어려워도
마분지 도화지, 수더분한 종이 위에
하고 싶은 말, 실꾸리처럼 풀어 낼 수 있다.

가격, 백 원
치장 모르는 숙맥
너무 초라해 보여
궁상맞아 천덕꾸러기다.
적당하게 몸값도 올릴까 고민에 쌓이다가
반듯하게 커 가는 아우들에게 양보한다.
수더분한 내 모습 동정은 말라.

나는 내 나름의 일이 있다.
억울한 자 가슴에 울분 풀어내는 비법도 알고
밤 지새는 수험생이 두 눈 부릅뜨면
내 작은 힘으로도 미적분 정도는 기본이다.

마음 움츠리는 실직자의 이력서도 내 생색이면
반듯하다.
툭 툭 성의 없이 밀어내는 기계 문자와
꿈틀꿈틀 살아 움직이는 뜨거운 기억의 문자는
죽은 자와 산 자의 대칭 같은 것이다.

내가 운수 좋은 날.
어느 시인의 손에 탁 잡히면
설움 겨운 사람 애 간장 녹여내는 일
어깨처진 서민에게 희망 한 줌 빚는 일은 순식간
이다.
아직도 내 가슴 안에 불의와 타협 않는 심지하나
박고 있다.

나, 백 원에 살 수 있는 볼 펜 한 자루는.

(01.3)

2 부

목련꽃

목련꽃 봉오리 결 고운 붓이다.
그 비단 붓 들어 무턱대고
봄 하늘 화선지에 그림 그린다.
계절의 기지개 끝나기 전 마음 바쁘다.
올 봄엔 여러 장 파지에서
한두 장쯤 가려낼 참이다.

비록 허점 보일지라도 향기 소멸 전
꽃봉오리 그 순간 표구해야 할 것이다.
겨우내 벼린 고뇌 아픈 붓끝 세운 지금
가지마다 한 획, 한 획, 꽃불 켜리라.

혹한의 밑동, 언 뿌리 지표 더듬어
수액 길어 올린 기억 되새기며
방점 인들 함부로 찍을 수 없다.
꽃샘바람 격려로 심호흡 가다듬고
미세한 떨림 누르며 주눅 든 꿈 엮는다.

묵은 꿈 펼치는 날, 오금 저리게

눈길 주는 사람마다 주체 못할 탄성으로
저절로 '화(花)아' 입 다물지 못하게
마지막 한 획까지 떨림으로 응시하며
봄 하늘 화선지에 붓끝 세운다.

(03.4)

자목련

화단 자목련
거만하게 솟은
아파트 화단에
웅크리고 눈치 보며
조각 볕 그리워
목 뺀 사슴 같다.
순한 눈망울로
누구도 모르게
한 겨울 맹추위 견디느라
마디마디 짓물러
피멍이 들어
소리 없는 비명들이
안으로만 깊어가
검붉게, 검붉게,
피울음 울컥울컥
숨죽이고 토해 낸 상처 같다.
아리고 쓰라린
외마디 비명이며
각혈 같다.

봄볕이 덧낸
선명한 상처 자국 같다.
화단 자목련은,

(02.4)

어느 봄날에

꽃들 환호성 터지고 나무들 푸른 옷 걸치는
조름 겨운 봄기운 조금씩 가속 오르면
이틀 멀다 않고 아파트 광장들은
하얀 면사포 쓰고 세례 중이다.
다소곳이 엎드려 침묵으로 숨 고르며
한 순간에 안개 띠 두르는 저 성자들
무수한 포말사이 몸 엎드려 순종 한다.

아이들 재잘거림 돌돌 구르던 놀이터 한켠
나풀나풀 나비 같은 동그란 목소리들
갑자기 아우성치며 소독차 꽁무니 따라
빙글빙글 바람개비처럼 돌아간다.
방독면을 덮어쓴 방역담당 남자는
바람개비 아이들과 포말들을 뒤섞는다.

아이들이 나방처럼 멀어진다.
마취된 한 마리 해충처럼 소독당하며
때로는 무릎 꿇을 제 모습 아직은 알지 못한다.
해충 박멸작전 진행 중인 아파트 광장

오염 속에 방치되는 철부지들의 꿈들이
소독되고 있다. 아이들 재잘거림과
꽃의 환호성 푸른 나무들의 옷 입는 소리들
하얀 포말 속에 봄날은 익어간다.

(04.1)

아카시아꽃

꽃잎이
우윳빛 꽃잎이 파르르 손짓하다가
달짝지근한 향기에 취한
여인의 머리 위로 내린다.
조름 겨운 햇살 가볍게 흔들린다.

스르르 눈 감기는 나른한 한나절
생활의 미세한 틈새로
분분한 향기들이 손잡고
가슴에 고인 상념의 미진들
어지러운 마음속 헹궈낸다.

날개 접힌 마음 아무것도
털어 내지 못한 일상에 잠겨
잃어버린 고향 동구 밖
푸른 보리 일렁이는 둔덕에
꿈으로 일던 감미로운 향기들,

내 안에 잠든

가벼운 그리움 깨우고
수만 마리 환상의 나비로
파르르 내려앉는 꽃 비(雨)
스르르 마비된 정오의 환상.

(03.5)

밤꽃 · 2

유월 산에 오르면
부끄럼 모르는 선머슴 아이 본다.

눈 돌려 외면해도 삐죽 빼 물은
볼품없는 상징으로 후각을 난도질한다.
바람 불면 짓궂게 더 한층 용두질 꼬락서니
한 낮에 게슴츠레 몽정에 취한 녀석
주체 못한 젊음 선 채로 방사한다.
불붙는 욕망 아직은 감당 못해도
한 순간 비켜서면 스스로 수습하여
또랑또랑 생각 여물 것을 안다.
짐짓 모르는 척 비켜서서
방황의 부끄럼 못 본 척 시치미 떼면
옹골진 청년으로 거듭날 것임으로,
젊은 한 순간 세상 두려울 것 없어
천방지축 날 뛰는 끓는 열기도
모진 폭풍 천둥번개 알몸으로 겪고 나면
저절로 절기 삭아 세상살이 알 것을

유월 산에 오르면 희멀겋게 생긴 녀석
수렁 속에 빠져 허우적대는 선머슴 아이 본다.

바로 곁에
등 굽은 노송 묵묵히 보고 말 없다.

(02. 7)

능소화

햇살 풀 먹인 빨랫감처럼 고슬고슬한 초여름
넝쿨손을 뻗친다.
견고하게 악착같이
새침한 척 도도한 척 위장하고
손끝마다 끈끈이 숨겼다.
닿는 것마다 제 기둥 삼으려는 욕망으로,

저 한 몸 어디 내놓아도 반듯해 보일 쯤
누구나 곁눈질 길가 담장에
더러 시샘 많은 소나기 내려도
옹골차게 화려한 꽃을 피운다.

주황의 화려한 성장을 마치고
뜨거운 태양 아래 오만하게 고개 들고
견고하게 타인을 틀어쥐고
요염하게 눈웃음친다.

저 능소화.

(05 .6)

나팔꽃

버팀목 없인 한 뼘 오를 수 없는
닿으면 닿는 대로 움켜쥐는 습성
보이지 않는 무서운 집착.

스물다섯 꽃봉오리
풍요의 땅 이국으로 꿈 안고 건너가
빛나던 지성과 빳빳한 젊음으로
세계를 주무르는 여인이 되겠노라
다부지게 부딪친 삶
봄날의 무지갯빛 사연.

십여 년 이국생활 추레한 미혼모 되어
사내아이 앞세워 돌아온 고국
만만하게 본 세상이 그녀 후려쳤다.

다시 넝쿨 손 뻗다가
길 가 버려진 땅에서
억세게 살아가는 망초 같은 남자
그를 부여잡고 한 평생을 투자하겠노라.

첫새벽 꽃 피는 나팔꽃을 꿈꿨다.
보라색 한 송이 꽃 감당 못하는 그를 잡고.

첫새벽 남몰래 활짝 피다
한 줌 햇살에 이내 시드는
나팔꽃 인생.

(02.10)

파꽃

푸성귀 대열에서 이탈하는 이유가 있다.

푸성귀의 생(生)은
매미 울면 죄다 스러지는 것
상추도 쑥갓도
물 밖 손 내민 적 없는 미나리마저도
오월 단오 쯤 '솔 내'로 생을 마감하지
초봄부터 앞서거니 뒤서거니 꾸린 삶
펼친 만큼 거둬들여야 하는 삶

뒤늦게 혼자서
삼복더위 꼿꼿하게 머리 들고
헐레벌떡 숨 가쁜 한 낮에도
움켜쥔 씨방 아직도 세상에 보낼 수 없어
지글지글 타는 태양 아래 힘겹게 버티며
텅 빈 속아지 하얗게 바래어도
허리 꺾을 수는 결코 없다.

아무 곳에나 툭툭 떨어져 짓밟혀도

스스로 뿌리내려 한 생을 가꿀
어린것들을 주먹 안에 움켜 쥔 내가
유월 염천 햇살 아래 다른 푸성귀들이
모조리 두 손 내젓고 기절하고 넘어져도 결코
빈 대궁 포기할 수 없는 일,

푸성귀의 대열에서 이탈하는 이유다.

(02.9)

3 부

구두(9×2)

쇼윈도 너머로 유혹의 손짓 보내던 푸른 한 시절
빳빳한 자존심 칼날처럼 세우고
발뒤축 한번쯤 생채기로 오기 부렸습니다.

작은 몸, 몇 십 킬로 거구 들어올리기엔 숨이 턱
에 걸리고
뛰거나 걷거나 내 몫의 하루 일 끝내고 돌아온 길
목마다
흉터 잡혀 먼지 희뿌연 콤팩트로 뽀얗게 화장을
합니다.

현관 안에 들어서면 한 순간 가지런히 숨 고를 시
간에도
어느 때 비상소집 떨어질지 알 수 없어
신경 줄 탱탱하게 걸어놓고 선잠 듭니다.

쭈그러진 몰골 뼈마디마다 골다공증 진단 내려도
맡은 의무 수행 묵묵히 할 것은 물론입니다.
나 구(9)두(2)는 주어진 운명대로 최선 다 하겠습

니다.

　어느 날, 삭신이 내려앉는 짐 내려놓고 눈감는 날
　굴곡지고 망가진 내 자존심 한 마디 유언 남길 수
도 없습니다.
　십 팔(18).

(01. 4)

은행 털러가자

복면은 필요 없다.
우리 은행 털러가자.
그러나 노출은 금물이다.
행여 독소 번질까 두렵다.
면장갑 준비하고 얼굴을 감춰라.
지문은 금물이다. 행동은 민첩하고 재빠르게
모둠발로 가볍게 뛰어올라
슬쩍 발차기 필요하다.

우리 은행 털러가자.
그곳으로 가자.
팔당댐 터널로 접어들어
양수리 '서정마을'
이정표가 가리키는 북한강변 줄기 따라
우회전 들어서면 '정배분교' 운동장이 목적지다.
그곳엔 입 다물 수 없는 비경과
만추의 가을이 어서 오라 손짓한다.

고사리 손 '정배분교' 아이 몇 명

들국화 닮은 해 맑은 선생님 두어 분
산골 햇볕에 얼굴 그을린 학부형들이
은행털이 동참 한다.
툭, 건드리면 우르르 쏟아질 쿠린 은행들
준비해간 자루에 주둥이가 버겁도록
한낮에 당당하게 은행을 털어
보란 듯이 차 뒷좌석에 싣고
쌩, 쌩, 대로를 달려오자.

검문소에 걸려도 걱정 없다.
당당하게 우리 은행을 털러가자.

(05.10)

견공시대

모 아파트 어느 댁에는
상전을 모시는데
너무도 극진하게 받들어
이웃에 소문 자자하니
듣는 이 마다 입 다물지 못한다.
희귀하게도 척추를 삐끗하여 부리나케
응급실로 모셔가고 행여 마음 부딪칠까
달포 가까이 호텔에 기식하게 하셨다.
다시 재발하실까 떠받들고 위하기를
휠체어 수입해 들이시고 병 수발에
보양식은 육년근 삼(蔘) 곁들어 약병아리 고아
사레들까, 체기 들까, 두 손 맞잡고 시중이다.
병석 뒤 남 눈에 허술할까
프랑스산 욕조에 향기로운 세정 샴푸
비단조끼 발싸개 보료를 깔아놓고
조심조심 덧나실까 안아서 변 뉘신다.
그 정성이 가상하여 동네방네 사람들
그 놈 팔자 상팔자라
여기서 소곤소곤 저기서 수군수군
견공시대 도래다. 21세기 지금은,

                                            (04.12)

손들어 보실래요

여자들 중
반세기 살고도 똥배 없는 사람
가슴 허리 엉덩이 원통형 아닌 사람
얼굴에 심술보 없는 사람
무릎 관절 탈 없는 사람
활자들이 환히 보이는 사람
마음은 이십 전 후 발랄한 어여쁨 아닌 사람
자신 있게 손 한번 들어보실래요.

남자들 중
반세기 살고도 오줌발 센 사람
오십견 비껴간 사람
명퇴 상관없다 큰 소리 치는 사람
마누라 잔소리에 반응 않는 간 큰 사람
뒷골 뻐걱거리지 않는 사람
마음은 아직도 툭툭 불거지는 피 끓는 청춘 아닌
사람
자신 있게 손들어 보실래요.

진단서
생의 반 동강을 좌충우돌 잘라먹은
'체증 부작용 증후군'

(02.11)

건망증 퇴치법

거뭇거뭇 검버섯 훈장처럼 꽃 핀 얼굴
안(內)노인들 둘러앉아 운수 점친다.
콧잔등에 흘러내린 안경으로 초점 모으고
화투패 뗀다.
밀가루 반죽 척척한 옛날 솜씨로 고루고루 혼합
해서
조심스레 아들딸 여위듯 짝을 맞춘다.
막내딸년 같은 당돌한 넷째 발랑 뒤집는다.
흑싸리 검은 새와 붉은 돼지 뿔난 놈
사촌지간 따로 없다, 검정싸리 홍싸리
정월달 검은 솔가지 연기가 맵구나.
시월 단풍은 왜 이다지도 붉을꼬.
끼리끼리 짝 맞춰 따로따로 앉힌다.
젊은 것들 한두 번 눈짓으로 손잡듯
앞서거니 뒤서거니 벌떡벌떡 일어선다.
여덟 놈 의좋게 한 무리로 낄낄대는 놈
"어디 보자꾸나"
이월 매조 삼월 벚꽃, 팔월 공산 환하다
달밤에 친한 친구 상봉이라.

나들이길 한 잔 술이 웬일인고.
주름진 손으로 가는 세월 더듬더듬
잃어버린 기억들 조립한다.
허름한 방석 위 여생을 점치며
건망증 퇴치 실습 중인 노인정 풍경.

(04.3)

집시법 위반

봄 햇살 몸푼 초등학교 운동장 한 쪽
겨우내 북적대던 비좁은 토끼장 하얀 토끼들
널찍한 울타리 둘러치고 방목한 것 본다.
가진 것 없는 맨 몸의 그놈들이
그물망 아래 봄볕에 나른해진 흙덩이를
앞발로 살금살금 통로를 낸다.
어둠 내리면 파낸 길 따라 제 세상 만나
움츠린 지난 날 한꺼번에 보상 받듯
뛰어나와 비호처럼 잠재된 본성 찾는다.

대각선 다른 곳에 또 다른 습성들로
소년들 활력 차올리는 축구장 있고
웅크렸던 주민들 원무 하듯 돌고 돈다.
한겨울 스스로 통제한 자유방임하며
날줄 씨줄 조화롭게 어울림의 질서들
둥글게둥글게 연출자 없어도 조화를 이룬다.

무언의 화합들이 삐걱, 반목이 꿈틀대며
누군가 충동질로 갈등을 일으킨다.

한 무리 이념들이 불꽃 사르며 토끼를 쫓는다.
쫓는 자와 쫓기는 자의 사투가 시작되고
비명 없이 박히는 파편들이 어지럽다.
포승줄에 묶이는 울분 어둠 속에 묻힌다.
집시법 위반, 그곳은 격렬한 춘(春)투 현장이다.
(04.4)

미꾸라지 · 2

수산시장 갓길 커다란 고무통 안 간신히 몸풀었다.
누가 묻기나 한 것처럼 '국내산' 팻말을 세웠지만
쳐다보는 사람들은 짐작으로 안다.
제 나라 흙탕물 때를 씻고 족보까지 바꾸고야
비로소 몸 값 후하게 올릴 수 있음을
스스로 계면쩍어 입가 다섯 쌍 수염
수시로 씰룩일 수밖에 없음을
먼 바닷길 초라한 짐짝으로 켜켜이 쟁여져
태생 덮어야 짐짓 당당할 수 있는 비애를 아는가.
그곳 떠나올 때 이미 더 이상 물러설 수 없는 처지를
진흙 속에서 굳세게 살아온 이력으로
이제는 마지막 검증이다.
몸피 점막 크기의 비슷함 최대한 부각하느라
가끔씩 수면 위로 떠올라 울분 토해낸다.
그럴듯한 분장으로 현혹하는 것이 아니다.
타국 떠돌다 간신히 되찾은 길 실패는 있을 수 없다.
나를 선택했을 때 후회 없도록
몸 으스러져 흔적 지워도 맛으로 승부하리라
당신들의 미각을 위하여.

(03.4)

기계 · 1

현관문 나설 적마다
문 밖은 총성 없는 전쟁터다.
정처 없이 하루 일과 쟁취하려
맨손으로 세상과 부딪치며
인파 속 매연처럼 스민다.
그 이름 당당한 家長
짐짓 고개를 꼿꼿이 세우지만
늘 초조하고 불안하다.
당신은 대들보 등 떼민 적 없어도
최면에 걸린 기계가 되어
지쳐 넘어질 수 없는 강박 관념에
앞으로, 앞으로, 개선장군처럼
보무도 의젓하게 과장된 몸짓으로
아비규환 같은 일터에 스민다.
지뢰밭 세상 좌우를 살펴가며
조심조심 하루하루를 포복 한다.
때로는 휘청거리는 시야에 갇혀
남 몰래 눈자위 붉힌 적도 있다.
끓어오르는 울분 삼키고

차오르는 치욕 꾹꾹 누르며
한 잔 술에 취해본다.
책임의 맞물림 톱니바퀴에 끼어
녹슬면 방치될 소모품이 될 수 없다.
가장의 책무로 무장하고 오늘도
삶의 고지 향하여 포화 속에 스민다.

(03.4)

단풍들 구워지다

남한강 물줄기 목맨 목로주점
지난여름 흥청이던 인파
바람처럼 흔적 지워진 고요 속
가을햇살 망연히 껴안고
무너져 내리고 있다.

한때 고성과 방종으로
지글지글 웃음까지 구워대던
반라의 연인들이 무리 지어
풋 이파리들 아래 은밀히 몸 달구며
향락까지 뭉떵뭉떵 거침없던
파행을 기억하는 나무들.

부끄러워 두 손으로 얼굴 가리다
귓불까지 발갛게 물든 지금
인파들 떠나버린 텅 빈 숲에서
녹슨 석쇠 위에 뛰어내려 누워본다.
구워지리라 태워보리라 나도 그들처럼
몸 절반으로 잘리고 고통마저 잃은

드럼통 아궁이는 입 벌려 유혹하며
기억을 헤집고 자꾸만 손짓했다.

한 계절 넘치는 욕망 속속들이 본 이파리들
누구에겐가 함부로 발설마저 버거워
침묵하다 드러누워 불살라 태우리라.
그 여름 엿 본 파계들 한 점 남김없이
소멸을 꿈꾸며 열반에 드시는 단풍들
오그리고 지글지글 생각들 굽고 있다.

(04.1)

쥐

빛나는 자유로움 어둠 속에 꽃 핀다.
선홍색 입술 더욱 붉게, 노출은 과감하게
그늘진 깊은 눈동자 더욱 강조 할 것
하늘하늘 속살 비치는 잠자리 날개로 치장 끝나면
비로소 어여쁜 공주로 변신 한다. 밤이면.

나는 야행성 밤마다 한 송이 검은 꽃이다.
찍 찌이익, 혐오스런 목소리로 시궁창 넘나들며
질척이는 하수구 쓰레기더미 음습한 골목길
먹잇감 결코 놓칠 수 없는 비굴과 절박함
닥치는 대로 포획은 눈 깜짝할 사이

붉고 푸른 불빛 아래 게슴츠레 삶을 판다.
하룻밤 사랑을 팔고 사는 처연한 몸부림
불붙는 욕망 끈적이는 집착으로
"무릉도원 안내합니다. 황홀경은 덤 이구요"
"당신의 지친 일상 마무리 해 드려요"

내 당돌함에 퉤퉤 침 뱉으며 비수는 꽂지 말아요.

제발,

아직도 발아 될 순정의 씨앗 한 톨

차마 떨치지 못하는 속 여린 숨겨놓은 순정은 있
어요.

어둠 속에 꽃잎 여는 밟힌 영혼이지만

환한 아침이면 시궁창의 쥐처럼 몸 숨기는 여인.

(02.2)

늑대거미

후미진 허공에 길을 내고
먹잇감을 포획하는 남루한 생도 있다.

생태계가 살아있는 우포늪에는
거미줄마저 거부하는 떠돌이 늑대거미가 산다.
털이 숭글숭글한 다리로 제 새끼 들쳐 업고
평생 떠돌이로 사는 생이다.

떠돌이는 우포늪에만 살지 않는다.
어린 것 들쳐 업고 망문투식(望門投食)객으로
세상 근심 잊은 듯, 초연한 듯 보이지만
누더기 언 손으로 허기 달래는 가여운 생을 본다.

발길 닿는 곳 정처 없이 '헤벌쭉' 웃는 듯, 우는 듯
이 집, 저 집 기웃기웃 먹이를 동냥질하며
비루한 생 걸머진 채로 등 뒤 어린 것 껴안는다.
언제 줄을 치고 먹잇감을 사냥할까.

후미진 허공에 길을 내고 먹잇감을 포획하는 남

루한

  기억을 털어내는 늑대거미는 개울가 다리 아래
산다.

(03.1)

小雪

싸락눈 흩날리는 밤
초등학교 운동장 가장자리 때 아니게
포클레인 끙음과 부릉대는 트럭 넉 대
야밤에 공사 중이다.
오기 세운 흙 뭉개고 바위 모종 한다.
매운바람조차 주춤거리는 어둠 속에
재잘대던 아이들 떠난 자리마다
발자국 어지럽게 문신한 운동장 가득
세상 만난 바람들이 가랑잎 몰고 와
준비 땅, 등 떠밀며 달음질 채근 하는 밤.

순간
언 바람 구르는 행간사이로
오토바이 한 대 어둠을 쪼개며
김 오르는 밤참 배달한다.
더운 국물 사내들보다 먼저
더 바삐 시식하는 허기진 불빛들
나방이 된 사내들 손 털고 몰려든다.
후루룩 비애를 들이키는 소리

밤새 끝내야 할 공사판 같은 삶
언 손 불며 툭툭 갈등을 털어낸다.
절벽 같은 어둠 힘겹게 밀어내는
8톤 트럭 두 눈빛의 저력처럼
빛의 길 조립하는 숨 가쁜 사내들
팔뚝마다 불끈 솟는 이두박근 같은 일상
환한 아침 아이들 등교 전 비질한 듯
가지런히 끝내야 할 학교운동장.

小雪
싸락싸락 싸락눈 내리는 밤에
小說 종장으로 완성 서두르는 공사판.

(03.11)

대산기계 · 2

수원역 지나서 평택쯤 기차로 가다 보면
넓은 함석지붕 위 대산(大山)기계 상호가
무료한 사람들 시선을 당긴다.

그 공장 안에는 필시 꽝꽝 쇠붙이를 두드리거나
또는 깎아낸 맞춤 자재를 생산하거나
그도 아니면 철골빔을 무 자르듯 재단하여
건축물 뼛골을 조립 할 것이다.
그곳을 볼 적마다 나는 엉뚱한 생각에 잠긴다.

삐뚤어진 심보로 제 이득 보자고 남을 해코지하
는 사람
꽝꽝 소리 나게 두드려 바로 잡을 수 있을 것 같고
송곳 같은 아집으로 상처 덧나게 하는 사람
뾰족한 끝 챙챙 불꽃 튀게 갈아 부드럽게 궁글릴
수 있고
불쑥불쑥 오만함에 아픔 덧내는 사람 역시
잘라내어 붙이고 조립하여 아귀 맞춰 적재적소
재생해 낼 수 있을 거라는 믿음 같은 것

울퉁불퉁 앞 뒤 없이 해악을 일삼는 사람들도
대산기계 그 속을 한 번쯤 거쳐 나오면
옷감 마름질되듯 반듯해 질 거라는 신념 같은 것

수원역 지나서 평택 어디쯤 기차로 가다 보면
넓은 함석지붕 위 대산기계가 있다.
삐뚤어진 온갖 것들 반듯하게 재생하는 공장.

(03.2)

4 부

전자렌지

플러그를 연결한다.
비로소 핏줄 도는 몸
언 사고를 해동한다.
조금씩 풀어지는 사색
뭉친 마음 30초만 가열하면
맺힌 매듭 헐거워진다.
날것 풋 냄새 고약한 내 자존심
빙빙 몇 바퀴쯤 익히면
해맑게 완숙될까
그 안을 거쳐 나오면
느슨하고 부드럽게 변신함을 본다.
대글대글 오만한 옥수수 알갱이를 보라
순식간에 환한 얼굴로 되돌아 나옴을

때도 없이 불쑥불쑥 어지러운 감성들
필요할 때마다 렌지 안에 몇 개씩
퐁, 소리 나게 익혀 뜨거울 때 재빨리
후후 불며 키 맞춰 조르륵 나열하고 싶다.

(03.3)

물을 끓이며

그릴 위에 물을 끓인다.
끓어오르는 울분에 결명자 한 스푼 넣자
화들짝 놀라 생각들 솟구친다.
그 사유들이 일순간에
마음 열어 향기로 일어선다.
내 감정 어느 구석에 저런 비등점 있으면
뻣뻣한 언어들도 한 잔의 찻물처럼
구수하게 우러날 수 있을 텐데
사람과 사람사이 감칠맛 도는
마음으로 다가 설 것을.

어느 땐 치커리 찻잔 들면
입 안에 감기는 부드러운 감각들이 손잡는다.
설익은 언어들도 한 번쯤 결 삭히는
과정을 거치면 비린 맛 감춰질까
아릿한 그리움들 풀어 낼 순정을
인고와 통증을 승화시킨 혼을 음미한다.
잔을 들어 코끝 맴도는 생각들 흡입하며
터널을 나서는 설익은 시어들을

찻물 끓여내는 열감으로
매서운 회초리 마음속에 세운다.
(05.1)

여름날 풍경

맨손으로 썩썩 손빨래 비벼 빠는 여름날
찬물에도 하얗게 이는 거품
셔츠 깃에 오기처럼 엉긴 땟자국
삶의 편린처럼 흔적이 남는다.
허리 휘는 일상 말끔하게 지워지지 않아도
요만큼 두 팔로 감당할 수 있다면
쭈그리고 앉은 무릎 통증쯤이야.

아파트 앞 공터에서 밤이면 생활을 빨아 표백하는
부글부글 일상을 끓여내는 포장마차 그녀는
고무장갑 끼고도 '앗 뜨거' 절로 나오듯
몇 번씩 찬물로 식히는 삶은 빨래 같은
타이탄 트럭 위의 고단한 일과를 펼쳐놓고
밤마다 어묵 국물에 시름 풀며
떡볶이 뻘건 철판에 희망과 한숨을 배합한다.

퀴퀴한 오취의 장마 뒤 빨래 같은
눅눅한 삶의 행간 한 번쯤 벌떡
일어나 한숨 같은 생활고 말끔하게

모둠발 박차고 기분 좋게 떨이하듯
훨훨 가뿐하게 수직상승 꿈꾸는 일터
포장마차 알전구 불 밝히는 여름밤.

간간히 들어서는 발길에
금방 꽃처럼 벙싯거리는 환한 얼굴
풀기먹인 빨래 같은 일상을 거머쥐러
오늘도 맨손으로 하얗게 표백하는 하루가
아파트 앞 공터에 밤마다 반복된다.

(04.9)

설거지

달그락달그락 그릇을 씻어낸다.
'조르륵' 알맞게 수도꼭지 틀어놓고
밥그릇 찌개그릇 조심조심 헹궈낸다.

씻어내고 헹궈낼 게 식기뿐이랴
저녁 무렵 슈퍼에서 만난 이웃
누군가 덤 얹어 험담하던 말
비누질 뽀드득 정갈하게 씻어낸다.

가끔씩 내 마음도 싱크대 담아서
더께 앉아 좀처럼 씻기지 않은 오만
살짝 수세미 갖다 대면
스르르 닦아내게 알맞게 불려
망설임 없이 싹싹 씻어내면
마음에 새 살 돋는 소리

그릇들이 하나같이 맑게 헹궈져
시렁 위에 차곡차곡 물기 가시듯
내 마음 투명하게 보송해지면

비로소 생각들이 정갈한 저녁

설거지 끝내고 탁탁 털어
생각의 갈피마다 선한 꿈 포개 놓고
깨끗해진 그릇처럼
찌든 생각 헹궈서 말갛게 털어 건조된 하루.
(03.8)

나이테

도마를 놓고 무를 채 썬다.
다듬고 깎고 반듯하게
나는 마술사처럼 생각을 자를 수 있다.
그러나 단 한 가지 물결 세우는 일
아직도 상처 덧내며 서투르다.

우연히 이부자리 발치 끝
보풀보풀 일으켜 세운 무수한 파도무늬
스쳐간 기억들 또렷하게 찍혀있다.
베어내고 찢는 일이 무의식의 소산으로
숙련된 세월의 아픔 밤마다 반복된다.

삶은 달걀처럼 보드랍고 매끄러운 기억의 저편
무심히 건너 온 몸부림 증명들이 거기 발치의
나이테로 소리 없이 자라고 있음을 본다.
삶이란, 끝없이 세우는 과정임을
설령 상처 쓰려도 반듯하게 일어 설 일이다.

(04.12)

착각

냉동실에다 생물로 넣었다 꺼낸 생선은
푸른 바다 유유자적 펄펄 뛰던 그 형체로
파도소리 투명한 눈빛으로 올려다본다.
서서히 녹아내려 손질하게 맞춤으로 풀리면
제 몸 보호막인 비늘을 벗겨내고
아가미 지느러미 수술하듯 잘라내고
냄비 속에 소롯이 순장시킨다.

우리들 사는 세상사도 엇비슷 닮은꼴인가
희로애락 감기고 밀리며 분잡하게 헉헉대다
대어와 작은 새우 구분 없이 그물망에 턱 걸리듯
젊거나 늙거나 정한 순서도 없이
어느 순간 대책 없이 컥, 급소를 찔리면
병실과 중환자실 여기저기 기웃거리다가
의지와는 상관없이 마지막 길은 향냄새 코끝 매
운 그곳,
온갖 수식어 갖다 붙인 직함인들 무슨 소용일까.
여름날 뭉게구름 순식간에 사라지듯 찰나에 소멸
하고

누운 키 크기의 식판 같은 냉동고가 보료다.

내가 삼십여 년 익숙해진 솜씨로 생선을 요리하듯
장의사 능란한 손놀림 둘둘만 탈지면 무심하다.
붉고 푸른 양념장으로 색깔 갖춰 생선 위에 끼얹듯
누운 채 단장 끝내고 연극배우처럼 평정을 과장
하면
모진 고통 뭉친 회한 모두 아문다.
과장된 평온으로 비로소 지인들과 결별시간이다.

나는
몇 번씩 누군가의 오열에
가슴을 후벼 파는 그곳을 오가고도
내색 없이 언제 뚝, 끊어질지 알 수 없는 생명줄을
탄탄한 동아줄인 양 착각하며
빳빳하게 목을 세우고, 어깨를 펴고
칼날처럼 푸르게 벼르며 산다. 어제도 오늘도
하등 상관없는 일이라며 착각하고 산다.

(02.10)

장독대

간간하고 삼삼하게 짜고 때론 맵게
한 가족 좌지우지 손안에 쥐던 시절
반짝반짝 치장한 몸, 첫새벽 정한수 한 그릇
두 손 모은 아낙의 기원도 넉넉하게 보듬었다.

누군가가 세월 이길 장수 없다 하더니
이제는 선 자리 위태로워 한껏 움츠리고
가슴 졸이며 변덕스런 인심에 어느 순간
소용없다 내침 당할지 불안에 흔들린다.

단 한 번도 두루뭉술한 몸매 부끄러운 적 없었는데
툭툭 불거지는 신세대 호들갑에 정신 사납다.
견주고 비교할 일없건만 불쑥 불쑥 잣대 들이밀
지만
철없는 저것들이 불가마속 인고 어찌 짐작이나
할까.

은근히 품어 안아 비린 맛, 선 맛 곰삭히고 어우
르는 맛

소리 없이 다독이며 그 맛 되살리는 비법을 전수
하여
인공조미료 호들갑 얕은맛에 아직은 그저 입 봉
할 수밖에
그러다 문득 질리고 물려 다시 찾는다면
도리질 치며 홀대한 지난날의 섭섭함 모두 덮고
기쁜 마음으로 옛 맛 재현 서둘러 감당할 뿐.

(02.3)

화상

절절 끓어오르는 뚝배기를 들어내다가
손끝에도 꽃봉오리 씨 톨 있음을 알았다
잠재된 의식 깨워 풍선처럼 볼록하게
톡, 불거지는 표피의 꽃, 손끝뿐이랴
어느 순간 숨 멎게 다급해 지면
눈물조차 마르고 터질 것 같은 모멸
안으로 부푼다. 허옇게 일어서는 통증 끝
뿌리 샘 물길은 웅덩이로 흥건하다
고인 것 물길을 열어야 부패에서 자유롭다
이 앙 다물고 매정하게 도랑을 판다
소신공양 문턱까지 들어서야
한 송이 꽃 밀어내는 표피
매서운 겨울자락 목마른 화분에서 수십 송이
망울망울 다홍꽃 빼문 게발선인장
피맺힌 절규 손뼉 치며 환희로 받아들인 무지
한 송이 두 송이 모멸감으로 일어서는
저 숨 막히는 통증으로 혈관을 부풀린
비애를 비로소 어렴풋이 뒤늦게 알게 된다.

(04. 2)

재생

엄지와 검지를 합해 날선 손톱으로
등을 가른다.
외과처치 한번 해 본적 없지만
검은 내장 아무렇지도 않게 꺼내고
능숙하게 처리한다.
내가 멸치 등을 가르듯 병원에서
의사의 손에 몸을 맡긴 친구를 떠올린다.
속 시원히 검사나 하자며 제 발로 들어섰다가
바싹 마른 몸으로 실려 나온 그녀
입에 닿는 것마다 쓰다 달다 투정에
까탈 많다. 유난 맞다. 타박을 해도
속 좋게 미소로 넘기더니
시뻘건 고추장에 말없이 볶아지는 멸치처럼
광활한 대해로 유유자적 누리던 자존심마저
한 조각 휴지처럼 구겨졌다.
바짝 오그라들어 영혼마저 버린 멸치처럼
간발의 오차로 투망에 걸리듯 병마는 소리 없이
눈뜨고 당하는 오욕의 그늘이다.
그토록 살뜰하게 가꾸던 일상마저

한순간에 두 손 묶이고
의지와 상관없이 좌판에 벌려 놓은 멸치처럼
뭇 사람 시선에 눈감고 누워
이만큼 시련이야 못 견딜 것 없다며
뒤늦은 자책으로 마음을 다스리며
다시 벌떡 일어나 빈틈없이 꾸려갈 내일 설계한다.

(02.12)

전봇대

저 옛날 캄캄한 문맹의 시대
두 사람 동행이 산길을 간다.
외진 길 띄엄띄엄 전봇대가 마중 한다.
눈높이쯤 붉은 글씨가 선명하다.
"불조심"
무슨 말일까, 이리저리 궁리를 해 본다.
영리한 한 사람이 손끝으로 짚어가며
'전봇대'라 읽는다.
그렇지, 그렇고말고.

작은 재를 넘었다
웬일일까. 이번에는 넉 자다.
그것 참 이상도 하다.
이번엔 한 자가 더 늘었구먼
한참을 생각하다 딱, 손뼉 치며 알아맞힌다.
"또 전봇대"
영리한 친구 이번에도 의기양양
그것은
"산 불조심" 표어다.

나도 가끔 그렇게 살았다.
그것도 어깨를 으스대며.

(02.7)

소나기

숨 찬 불 볕, 벌 선 한나절
회오리바람에 실려 온 빗방울
끼리끼리 사이좋게 어깨동무 결속하여
물동이로 내려 붓는다.

양산에 얼굴 가린 나들이 길
한줄기 간절하던 마음, 물동이 세례
이내 카멜레온 심보 된다.
이리저리 뛰는 사람들 사이
성난 파도 몰아치는 바닷가에 선다.

일부러 짐 꾸리지 않아도
내딛는 발자국마다 철썩철썩 물장구
가로수 가지들 '푸드덕' 몸 흔드는 춤사위
떠나지 못한 자에게 선물하는 여름의 시혜다.

'바캉스'
입 속에서만 맴도는 사람들 공허할까
거리거리 해수욕장 개장(開場)한 날이다.

일상 버거워 쩍쩍 갈라지는 척박한 마음 갈피마다
한 줄기 수직으로 내리꽂히는 소식
느슨한 일상 다시 여미게끔
내리쏟는 한여름 축제마당.

(02. 7)

벽

생소한 남남끼리
한 칸의 방에 동거를 시작한다.
통성명도 없이 저 마다 한 덩어리
파르르한 슬픔 어쩔 수 없이 꺼내들고
유리알처럼 개방 된 공간
두어 번쯤 맴을 돌아 본 사람은 안다.
등 기댈 곳 찾지 못해 발 구르던 참담함
시름은 수렁처럼 깊숙하게 내려앉아
동병상련 남김없이 침잠할 즈음이면
한방의 누군가가 어이없이 소멸하고
또 다른 누구는 꽃을 피워 떠난다.
한 칸 방안의 사람들은 저마다
벼랑에 내몰리어 붙잡고 놓침을 반복하며
하루를 버겁게 비축하는 공간이다.
다시는 되돌아보고 싶지 않은 곳
당당하게 두 발로 걸어 나가고 싶은
'탁' 문 박차고 나갈 그 날을 위해
조심조심 숨죽이고 아우르는 생의 불꽃
활짝 심지 돋울 찰나까지 서로를 다독인다.

착 달라붙는 슬픔의 껍질 과감하게 깨는
그날까지 조금씩 아픔을 배분하는 6인용 병실.

(03.3)

왕모대를 아시나요

혹시 화성군 서신면 왕모대를 아시나요.
한때는 산(生)게의 집게발 꿈틀대던 그곳
개펄은 분화구 흔적처럼 달 표면이 재현되고
석화로 진행 중인 조개껍질 방파제
바다풀 들풀 싸늘하게 외면하는 포구
소라 달랑게를 보듬던 기억마저 잃은 곳
닻 올리던 만선은 거꾸로 처박혀 해체를 서두르고
냉정하게 돌아선 물길 속수무책 방치된 곳

한 시절 성난 파도 같은 힘찬 뱃노래와
어부들 팔뚝마다 활기 넘치던 기운
西海 풀기 빳빳할 적 네온사인 간판도 덩달아
거만하게 나그네 발길 잡고 거드름 피우던 일
이제는 잊었다고 체념하는 왕모대의 비운을
개펄에 거꾸로 처박힌 선박과 핏물 토해내는 닻
눈길조차 부담스런 해진 넝마 같은 어(漁)구들이
갯가 구릉마다 삭아 내리는 것 아시나요.

지난날 꽃게가 때맞춰 산란하고 갈매기 끼루룩

선회하였노라 말해도 믿기나 할까요.
꾹 입 다물고 울음 삼키며 한 시절 호기롭던
추억을 반추하며 쓸쓸히 폐허로 무너지는 아픔을
고개 돌려 침묵하는 화성군 서신면 왕모대 아시나요.
아니, 모르시나요. 한때 황금어장 왕모대를.

(03.6)

지혜의 성소

— 도서관 개관에 부쳐

겨울 햇살 따사롭게 세상을 읽듯
수리산은 군포의 경책(經冊)
너른 들마다 페이지 펼치면
지혜의 성소(聖所) 문이 열린다.
분주하게 드나들면 설익은 사고들이
탱글탱글 물올라 만개할 꽃자리다.

혼돈의 미명(微明)에서 깨우치는 터전으로
그 자리 영롱하여 환한 빛으로
우르르 일어설 기억의 자리로
이 곳 대야의 푸른 기운
꿈틀대는 활자로 박혀나고
살아있는 지혜의 그늘 만들지니

머문 자리마다 환한 얼굴들이
제 몫의 성취 거머쥐고 마음 밭 일굴 터
뜻 심어 가꾸면 허실 없이 피어날지니
줌안이 버겁도록 실한 열매 수확할
커다란 책들의 세상이다
움돋고 여물어갈 깊고 넓은 꽃자리.

(02.11)

5 부

입맞춤

쓸쓸한 고향 집
안채 처마 끝
제비 한 쌍 둥지 틀어
새 식구 늘었다.
인적 드문 빈 마당
빨랫줄에 앉아
어머니 동무 된다.

자식들 미련 없이 떠나버린
허허로운 넓은 집
고맙게 터전 일궈
다보록 새끼 낳고
지지배배 온기 얹어 생기 넘친다.
온종일 보채는 아기 제비 재롱에
차마 눈 떼지 못하는 어머니 일상.

아비 어미 입맞춤으로 배 불리고
포만감에 푸드덕 서툰 날갯짓
어머니 어린것들 우리형제들

분잡 떨던 안방 건넌방처럼
고 작은 둥지 안 꼬물꼬물 야단났다
저 놈 들, 훨훨 날개 짓 수월하면
본 척 만 척 미련 없이 날아갈 것을.

(01.3)

나비질하신다

팔순 어머니 참깨를 터신다.
흰 머릿수건 두르고
가을 햇살 터신다.

밭 가장자리 삼베 홑이불 펼쳐 놓고
꼿꼿하게 자식처럼 잘 키운
깻단을 가만가만 아우른다.

토닥토닥 아기 어르듯
검불을 가만가만 걷어내고
하늬바람 부르시고.

손가락사이 간지럼 재롱이 대견하여
양손으로 몇 주먹 갈라놓고
키질을 하신다. 나비질 하신다.

(05.9)

윤회(輪回)

손바닥 같은
열여덟 평 다랑논
모심기를 한다.
냉장고 한 대, 가스레인지
TV 한 대
바람 따라 일렁이던
더 넓은 무논
또닥또닥 뒷다리 질 벼메뚜기
누렇게 잘 익은 벼이삭
현관문에 코 닿은 주방
쉴 사이 없이 내려오는 홈통의 물소리
천둥번개 요란한 천장
사립문 너머로 넘치던 푸른들
논두렁 물꼬에서
도롱도롱 물소리 정겹던
눈 시린 닷 마지기 무논이
하늘높이 우뚝 솟은
서민 아파트 한 칸으로
윤회를 했다.

(01. 7)

겨울 소묘

겨울이면
웅덩이로 나서던
젊은 어머니
김 오르는 허물들 한가득 이고
시퍼렇게 언 보리밭 둔덕 아래 길
구름 한 점 재우던 하릴없는 물
화들짝 깨워 텀벙텀벙 손길 따라
동그랗게 파문으로 일어 세운 잔물결

층층시하 대가족 치다꺼리
고달픈 일상까지 씻어 내려
삐죽한 돌 팍 판판하게 앉히고
터지고 갈라진 손등 아리고 시려도
독기 품은 잿물로 치대고 비벼서
말갛게 씻어내고 주물러 빨아냈다
탕, 탕, 빈 들판으로 내달리는 방망이질 소리
힘겨운 시집살이 허공으로 날리며
휘이 헹궈 쫙 비틀어 짜내면 버거운 날들
씻어낸 빨래처럼 일감이 줄어들까

양지쪽 바지랑대 햇살 모으는 시간
탁탁 털어 널면 비로소 접은 허리 펴고
젖은 손도 보송보송 말리고 싶어라
뒤돌아서면 언 동태로 얼음 박히는 고단함
크고 작은 빨래 감들 제 사고만큼 엉겨 붙던
어머니 젊은 날의 시린 풍경 모자이크로
이리저리 엉클었다 복원했다 실눈 감고
가만가만 맞추는 혹한의 겨울 소묘

(04.1)

저수지

그 곳은 하늘이 가라앉은 시퍼런 도화지다.
뭉게구름 몇 점도 장난기로 그려놓고
언덕 위의 버드나무 부끄럼 없이 빠져들면
디근자의 단아한 둔덕은 체모로 감싸 안고
건들바람 스쳐도 호들갑에 환희를 엮던 곳

세월에 떼밀린 그곳은 지금
갯버들 우르르 시새움 사납고
갈대는 밀림으로 도열했다.
잘박한 물웅덩이 숨통 죄여 파닥이던 피라미
간 곳 없고 은밀한 속살까지 모두 드러낸 곳

지난날 출렁이는 물살이며 잠긴 하늘도
물 방망이 빼내면 어머니 품속인 양
쓸어안고 입맞춤 정겹던 황금물결 일렁이던
저수지 아래 상답(上畓)은 꿈마저 버린 던져 버린
촌로(村老)를 닮았다.

갈라지고 모진 땅으로 신음하는

저 황폐한 옥토는 누구의 허물인가
전설 안에 묻힌 고향 땅 저수지의
근무태만 직무유기 탓인가 푸른 도화지
색칠하던 우중충한 하늘빛 파업인가.

(01. 9)

거울

늦은 밤 어머니께 전화를 건다.
몇 번 벨이 울리면 수화기 든다.
나 잘 있다 왜 무슨 일이냐,
여쭤야 할 사람이 도리어 대답한다.
잘 지내세요?
쿨럭쿨럭 잔기침이 일정한 가락처럼 다가온다.
늘 반복되는 녹음기다.
끙끙 앓다가도 괜찮다, 하실 것 안다.
족집게로 꼭 짚어내도 또 괜찮다 하실 것이다.

지난 해 살림 나간 아들 문안전화다.
어머니처럼 '괜찮다' 따라 말한다.
간혹 앞 뒤 사정 말하려다 꿀꺽 삼키고
목소리를 가다듬고 잘 있다 말한다.
음성이 가라앉았네요, 그렇게 되물으면
아니다 엎드렸더니 그렇다 말한다.
언제부턴가 어머니를 닮아간다
나는 괜찮다. 나는 잘 있다. 나는 잘 지낸다.
혼자서 더듬더듬 병원 다녀오신 날에도

한결같이 반복되는 녹음기 전송하는 모성
자식에게 짐 얹을까 손 내젓던 모습
그러지 마세요, 핀잔했는데
왜 닮아 가는지 알 수가 없다.

평생 그렇게 사시니 대접 못 받지요.
제발 자식들에게 당당하세요.
꾸중할 것 속에 넣고 참지 말고
섭섭한 일 똑 부러지게 말씀하셔요.
어머니 그런 처신이 잘못이어요.
그만해라 제발, 한결같은 말씀
평생 자식들에게 섭섭함 내비치지 않는 일
어째서 꼭 닮아 가는지 나는 모른다.
절대로 닮지 않겠노라 다짐했는데.

(04.1)

매듭

쇼핑물건 담아온 비닐 봉투는
올케와 맞서는 시샘 많은 시누이처럼
주둥이가 야무지게 꼭꼭 묶였다.
엉킨 응어리 가슴 안에 뭉쳐놓고
풀어보다 풀어내다 손을 놓는다.
입 다물고 눈치 보며 겉으론 시치미
싹둑 자르고 뒤돌아 설 수는 차마 없어
이리저리 재보며 심통 마음 쬐끔 연다.
엉클어진 가닥가닥 차분히 곱씹으며
뒤로 주춤 한 발짝 양보를 해 본다.
영영 풀릴 기미 없었던 홀쳐 맨 매듭이
때때로 화농되어 신열에 시달리다
뒤로 살며시 밀어내면 가슴이 열리고
돌아서서 헤벌쭉 남몰래 미소 지으면
계면쩍게 다가오는 따스한 온기로
스르르 풀리는 매듭.

(01. 9)

얼굴

미장원에서 파마 하던 날
거울 빤히 보면 스스로 민망하다.
살아온 흔적 너무 또렷해
슬며시 외면하고 눈을 감는다.
복슬복슬 피어나던 여남은 살 적
마을에서 떨어진 신작로가 이발관
기둥에 매단 가죽 허리띠 슥슥 칼 갈던
단발머리 다듬을 아이 적
값이라곤 겉보리 한 말과
나락 한 말이 품삯 되던 그 옛날
부끄러워 눈감은 척 살며시 본 동그란 얼굴이
어느새 깊고 굵게 골짜기를 이루었다.
골짜기는 산등성이 팬 곳,
장마 비 쏟아지면 멀쩡한 산자락에도 생기듯
내달려온 삶의 길 구부린 흔적들이
거울 속에 박힌다.
피맺히게 담금질 해 본 기억들 멀고
닿는 대로 허겁지겁 삼킨 세월이
나를 향해 계면쩍게 마주보고 있다.
미장원에서 파마 하던 날.

(03.1)

다수결

중년 여인 친목계원들 끼리
다달이 곗돈으로 인정을 엮었다.
용도는 미루고 무작정
없어서 못 쓰지, 쓸 일 없을까
요긴하게 써보자고 입을 맞췄다.
몇 해가 바람처럼 지나고
눈 뭉치 굴리듯 둥글게 굴려
두툼하게 살이 올랐다
무엇이건 비만함은 행동이 느리다.

제 체중 버거워 뒤뚱뒤뚱 움직이기 힘들 무렵
부모상 조의금 되었다가
자녀들 축의금으로 바뀌다가
말 인심 회오리바람 일다가
회전율 공식 없이 뒤집기다.

부모 자식 소용없다.
우르르 호기롭게 놀이나 가세
민주주의 다수결은 친목계도 유효하다.

탕,탕,탕, 이의제기 금물
속으론 꿍얼꿍얼 겉으로 내색 없기
군말은 안방 가서 할 것,

저기 고속도로 다수결 원칙 따라
관광버스 한 대가 기우뚱기우뚱
바람 가르며 신바람 낸다.
하늘에도 여인들 웃음소리 은가루로 뿌려지고
구름 휘젓고 대한항공 한 대 호기롭게 나른다.

(05.7)

대쪽

친정집
빨랫줄 버팀목은 왕대 쪽이다.

위 부분만 조금 쪼개고 바지랑대를
끼웠다. 사시장철 마당 한 가운데
장승처럼 버티고 무심하게 세월을 센다.
삼월이면 제비들의 수다가 한 줄로 엮어지고
볕 좋은 여름이면 된장잠자리 쉼터도 된다.
작열하는 한여름, 비바람 눈보라 한겨울
맨몸으로 의연하다.
처음 청록빛깔이 하얗게 탈골 되도록
세월의 자락 무수하게 비켜가며
거뭇거뭇 저승꽃 피어도 여전히 고고하다.

친정집
왕대밭 대나무는 어떤 압력에도 구부리지 않는다.
삐뚜름히 꺾이지도 않는다.
곧고 반듯하게 자로 잰 듯
일 서툰 사람은 조심 할 일이다.

손 베기가 칼날 보다 무섭다.
만추에 감나무 가지마다 붉은 함성 번지면
윗부분만 쪽을 내고 깍지를 끼운다.
둥글둥글 잘 익은 함성 뚝뚝 따낸다.
목표물은 정확하게 찍는다.
빈틈이라곤 보이지 않는 대쪽

친정집
감나무 붉은 함성도 대쪽 몫이다.

(02. 8)

소나기 · 2

숨 막히는 불볕,
벌선 한나절
사람들도 참을 수 없는데
하늘나란들 별 다를라고,
거기 사는 영감 할멈도
신경 줄 곤두서서 싸움질 났나.
세간 부수고 물 항아리 와장창
'이놈의 할망구'
보자보자 하니 대거리로 엉겨 붙어
영감님 화가 나서 불붙은 담뱃대 던졌다.
우르릉 꽝, 번갯불 번쩍 인다.

한바탕 콩 볶고 슬그머니 성질 거두니
어른 노릇 민망타
자식들 행여 알까 계면쩍어
아무 일 없는 듯이
쨍, 햇볕 꺼내서
시치미 뚝,
원상복귀 바쁘다.

(02.7)

빗장 닫는 마을

어두운 마음처럼 가라앉는 선산
뵌 적 없는 선대 어르신
누워서 입문한 은신처 거기 있다.

그곳에 오르면
서른 살 시어머님
피맺힌 절규 엉겅퀴꽃 맺혀있다.
뜬눈으로 세상 등진 그날의 아득함
만장 들고 덩실덩실 어깨춤 뒤따르던
철없던 어린것 서릿발 장년 되어
평온 과장한 채 담담하게 선다.
아픔조차 흐릿해진 세월,

그 발치 아래 삼형제
여섯 기의 붉은 봉분
순장을 기다린다.
세상 탕진한 의식 치를 세 평
비틀비틀 아무렇게 꾸린 삶의 곡소리 들린다.
봄볕 같은 마음 한 조각 이승 두고

들풀 스치는 바람 같은 고독안고
빈 무덤 석상 위 쌓이는 질곡(桎梏)들.

껍데기들 허허롭게 돌아본다.
음각 선명한 아무개 지 묘
실종된 자 영육 분리된 이승과 저승
미련 한 자락 아직 그대로 두고
뒤돌아 빗장 닫는 마을 거기 기다린다.
                              (02.10)

커피

장마 끝 장롱 문 열면
훅, 다투어 안기는 기억들 있다
다래 냄새 익어가는 비탈 층층밭.
이랑마다 들바람 손짓하고 채근하며
곁눈질하는 땡글땡글 가을바람 향기들이
쨍한 햇빛 그리워 몸살 앓는 투정들이
준비 없이 무턱대고 방사하는 아우성이다.

방글방글 보송한 꽃송이 부풀던 날
가슴속 숨은 연정 더 이상 참을 수 없어
남몰래 살금살금 수줍음 다독이다
팽개치고 울컥 엎지르는 당돌한 그리움
안감 안에서 파르르 요동치는 설렘들
발그레한 홍조로 귀엣말 숨기던 시간이다.

볕 좋은 오후 서너 시간쯤 잠깐이라도
가슴 풀어헤쳐 자유롭게 방임하고 싶어
숨죽이며 눈짓하다 목쉰 모카(木花)향 반란
축축하게 물기 젖은 장마 뒤에는 우우 일어나는

장롱 안 불온한 목화솜 아우성들이 살금살금
콩닥거리는 그리움에 몸부림치며 파업에 동참한다.

(03.6)

다스림

그해 봄
꾀 많은 우리 집 머슴이
쟁여진 나뭇짐에 똬리 튼
독기 오른 새카만 독사를 잡았다.
대가리 꽉 비틀어 잡고 목긴 됫병에
억지로 밀어 넣었다.
모가지 부풀리며 세차게 팔뚝 휘감았지만
별수 없이 코르크 마개로 초 땜질 당했다.
분에 겨워 핏빛 불꽃 일던 놈
거꾸로 처박혀 꿈틀꿈틀
됫병을 건드리자 분기탱천했다.

그 놈 잡아 옭아맨 몇몇의 비릿한 음모들
대나무뿌리 아래 깊숙이 묻고
아무 일 없는 듯 두발로 꼭꼭 눌러
내색 없이 몇 년인가 묵혔다.

매미소리 숨 가쁜 어느 날
그들은 그것을 파냈다.

여전히 섬뜩하게 노려보며
대가리를 병머리로 위치를 바꿨지만
이미 맹독 풀은 후였다.
그토록 날 선 분노
푸른 원한들 노르스름한 액체로 삭기까지
어우른 갈등 면벽의 가부좌로 한 생 마감했다.
맺힌 한(恨) 눈감고 비로소 해탈하는
초연한 生 거기 유품으로 남겨졌다.

누군가가 이 시각 혹독한 다스림으로
길들어지고 있는지 알지 못한다.
부르르 몸 떨며 닫힌 공간에 이 악물며
억압으로 길들어지고 결박 진행 중인지.

(02.7)

창

빗살문 문고리께 쯤
깨진 유리조각 끼우고
창호지로 가장자리 둘러대면
외줄기 빛의 통로 환하다.
골방 가득 채워지는 밝음
한쪽 눈 갖다대면 외줄기 창 된다.

무릎걸음 다가가 바깥세상 통로 열면
겨울 햇살 내려앉은 짚북데기
바람과 손짓발짓 어우르며 장난질
고것들 실랑이 숨어서 본다.
잎 진 감나무 가지 끝에 걸린 까치소리
그림자로 내려앉는 조각마당 술렁인다.

우물가 어머니 시린 손끝 일상 부셔내는
둔탁한 옹기그릇 부딪치는 소리 소리들
외양간 어미소, 송아지 젖 물리는 소리
빛의 길 여는 문살 조각창으로
잊혀진 소리들 가만히 전송 된다.

한쪽 눈 가만히 문살 창에 갖다대면
놓치기 아까운 기억들이 줄줄이 열리는
추억 속의 고향마을 한적한 동심들이
배시시 꽃물처럼 상큼한 지난 일들이
빛의 통로 환하게 열어 꿈길 엮는다.
꽃 이파리 한 잎 나란한 빗살문 조각창.

(03.4)

우물

가장자리 높게 무장한
어린애는 아예 근처도 얼씬할 수 없는
근엄한 카리스마 무장한 곳
달군 볕 온 몸을 포위할 때
벌컥벌컥 넘치도록
들이키는 오아시스가 있다.
진영(進永)역 나서면
우측 회화나무 그늘 드리운
퍼낼수록 차오르는 아득한 샘 있다.
태초엔 도르래가 주인이다.
밧줄을 내리면 까마득한 낙화지점
짜릿한 마찰음 감지하기까지
추락은 무섭게 가속력 더하고
맞닿은 지점 별 한 조각뿐이다.
별을 떠 마시던 길손들,
그 길손은 모두 어디로 떠났을까?
숭숭 삭은 회화나무
추억마저 녹슬어 가고
이제 누구도 별을 뜬 사람은 없다.

뚜껑 위에 수북한 세월 쌓이고
아직도 그 안에 별이 뜨는지
퐁, 퐁, 오아시스 있는지
누구도 알지 못한다.
여전히 그 자리에 가장자리 무장한 채.

(02.12)

청대나무

청대나무에 망자(亡者)가 실렸다고 했다.

나 어릴 적
아랫마을 새댁 저수지에 빠져 숨졌다.
모진 시집살이도 던졌다.
열여덟 꽃봉오리 넋
누군가가 빠져 죽기 전
영원히 물속에 헤어나지 못한다는
으스스한 소문 난무했다.
그곳에는
밤마다 애절한 울음소리 그치지 않아
어른 아이 누구나 외면하는 곳
한낮에도 냉기 감돌아 설움이 꿈틀거려
추적추적 비라도 쏟아지면 더욱 처연해

그 새댁
시어미 시누이 등쌀에
섬섬옥수 고운 손길 피맺히고
다홍치마 눈물자국 마를 날 없어

떨며 울며 매운 시집살이
동네방네 집집마다 수군수군
애처롭고 가련한 신세
진사 댁 민며느리 그 설움 누가 알까
심술궂은 시어미
앙큼한 시누이년
천방지축 시동생
복슬복슬 아기신랑
'어험, 어험' 줏대 없는 시아비

엄마, 엄마 나 어이 살까
사립문 나설 적 다짐한 당부 말씀
입일랑은 붙은 듯 벙어리 삼 년
못 들은 척 귀머거리 삼 년
보아도 못 본 척 눈먼 장님 삼 년
그리 살아야 하느니라.

시집이라 첫날밤
철부지 서방님 어여쁜 서방님

족두리 벗겨줄까 옷고름 풀어줄까
야속하게 저 혼자 새근새근
첫닭울음 원앙장삼 풀지 못하고
앉은 채로 선잠 속 홀어머니 부름
'아가' 꿈결인가 생시인가
어느새 문 앞에 시어미 기척이라

보고 지고, 보고파라 홀어머니 그리워
남몰래 눈물짓고 바라보는 먼 산
"아가, 너는 죽어도 그 집 귀신이 되어야하느니라"
선연한 당부 말씀
잠시잠깐 모로 누워 고단함 수습하니
범 같은 시어미 '방안에 꿀단지 두었나'
고달픈 시집살이, 시집살이 애달픈지고.

장정들 청대나무에 조선낫 오지게 동여매고
물속을 이리 훑고 저리 훑어도 감감 무소식
물마개를 열어라 수문을 열어라 의견 분분할 즈음
청대나무 조선낫에 무엇인가 걸렸다.

꼭꼭 여민 저고리 앞섶에 걸린
진사 댁 며느리다. 진사 댁 며느리가 죽었다.
매운 시집살이 저수지 물속에서 끝났다.

그해 여름 해 저물녘
굿판이 벌어졌다.
시퍼런 청대나무 흰명주 필로 감고
혼백을 불러내던 일

'나오시오. 그 원한 거두고 이제 그만 나오시오'
부를수록 청대나무 물 가운데 춤추듯 들어간다.
큰무당 선무당 박수무당 징 치고 방울 흔들며
'꽃가마 승천 올리다. 이젠 푸시오. 맺힌 원한
푸시오'
두 손 마주 모아 애걸복걸
구름처럼 몰려든 동네 사람들
'이제 그만 차가운 물에서 나오시오'

청대나무 당겨라 힘껏 당겨라

장정도 어림없다.
'새 신랑 나서시오' 큰무당 불호령 떨어진다.
차일 안에 숨죽이던 시아비 벌떡 나서
'얘야 우리가 잘못했다. 이제 그만 나오너라.'
돌연히 휙 돌아 나온 청대나무
시아비에 엉겨 붙어 이리 치고 저리 치며
'내 설움 어찌 아오. 아버님이 어찌 아오,
사정없이 시아비 패대는 청대나무
붉으락푸르락 시어미 청대나무 부여잡고
'아가, 며눌아가 내 잘못이다. 마음 풀어라'
잘난 체면 남사스러움 다 던지고
백배사죄 구경났다.
'어무이 어무이' 시어미 치마폭에 얼굴 묻고 서럽
게 울다가
돌변하여 회오리 일으키며
'원수 같은 시어미야. 내 사무친 원한 오뉴월 서리요'
가슴팍 쥐어뜯고 날뛰더니
시어미 번쩍 안아 물속으로 들어간다.
엉거주춤 안절부절 새신랑 사색되어

‘내 잘못이오. 내가 잘못했소 여보’
청대나무 후다닥 솟구치며
‘어화둥둥 서방님, 서방님 내 설움 말 마오’
시집살이 온갖 푸념 두릅으로 엮어볼까

새신랑 손에 잡힌 청대나무
우쭐우쭐 신바람 났다.
뛰며 날며 마을 큰길 가로질러
당당하게 진사 댁 대문 활짝 열고
의기양양 바람 가르며 보란 듯 들어섰다.

대숲에서 바람소리 걸러내던 고고한 품성
밑동 잘리고야 비로소 다시 환생하는
청대나무 굴곡진 인생.

                                    (02.8)

꼿꼿하게, 홀연히 찾아오기

- 이근숙 詩와 생각의 깊이 -

배 준 석
(시인 · 계간 「문학산책」 주간)

1

문득 가는 세월 붙잡아 놓고 헤아려 보니 이근숙 시인과 만남이 십 년이다.

강산이 변한다는 십 년 또한 십 년이 지나 변했다면 그 세월은 유정하기만 하다.

「문학산책」 창간호에 수필을 게재했던 기억과, 이후 문예창작 수업을 받으며, 또한 몇 번의 낙마 끝에 「문학산책」신인상 詩부문에 당당히 당선하여 등단의 관문까지 통과하는 과정을 필자는 가까이서 지켜보았다.

인생의 어느 한 길에서 이 정도 인연이라면 그 인연 속에 공유하게 된 추억이 차지하는 비중은 차마 다 헤아릴 수 없을 것이다.

사십 후반에 문학의 길에 발을 들여 놓았다고는
하나 이근숙 시인의 이 전 삶도 이미 문학과 깊은
인연을 갖고 있었다고 생각된다. 그 문필을 아마추
어 세계에서 프로로 바뀌는 과정이 필자와의 인연
에 해당된다. 문학세계에서 굳이 아마추어, 프로란
말을 사용해야 하는가에 대한 이야기를 하자는 것
은 아니다. 보다 깊이 있는 생각과, 세련된 표현과,
감정을 다스릴 수 있는 능력의 문제를 해결 해 나가
는 필자와의 세월이 사실은 그리 녹녹치 않았다는
이야기를 하기 위해서다.

  이근숙 시인의 등단 작품인 「영생침술원」은 이러
한 그의 詩的 생각과, 표현과, 능력의 대변에 다름
아니기에 먼저 읽어 살펴보게 된다.

영생침술원에는
연분홍색 칸막이 방이 세 칸이나 된다.
황송하게 다 차는 날 가끔 있어
잠깐 기다려도 송구해서 쩔쩔매는 안절부절에
도리어 괜찮노라, 선수(先手)를 쳐야 한다.
때 묻은 시트 위에 환부 들이밀면
보일 턱없는 눈동자로 찬찬히 들여다보고
손으로 더듬더듬 용케도 짚어내어
딱딱 입 벌어지게 지압으로 누르거나
팍팍 거침없이 찔러 사혈을 뽑아낼지
살살 아이처럼 달래 침을 놓을 건지
가만가만 가려낸다.
눈 뜬 사람 눈 먼 그에게 몸 의지하면
들어설 때 뻣뻣하게 보채던 환부가

나 설 때쯤엔 숨죽여 다소곳해진다.

詩를 쓴다는 것은 끊임없이 새로운 세계에 도전하
는 일이다. 새로움이 없다면 詩는 존재 의미가 사라
진다. 많은 시인들이 새로 등장하고 그때 들고 나오
는 작품은 많은 독자들의 이목을 집중시킨다. 그 중
에서도 가장 많은 이목을 집중시키는 신인 등장이
신춘문예이다. 그러나 작금 신춘문예에 등장하는
일군의 식상한 소재나, 스토리로 인해 그 의미가 폄
하되고 있다.
  대개 신인들의 작품에서는 소외된 사람이나, 절
망에 빠진 사람들 이야기로, 여기에 마치 음식마다
빠트리지 않는 조미료처럼 희망적인 요소를 넣어
그럴듯한 포장으로 독자에게 배달되는 인상이 짙었
다. 「야간 대리 운전사」 이야기로 신춘문예에 당선
한 사람은 꼬막 캐는 아줌마, 보도블록 까는 청년,
노숙자 등이 주인공으로 나오는 詩로 함께 응모했
다고 해서 화제가 됐던 일이 있다.
  이제 신인들은 우리 삶의 주변에서 힘들고 가난하
게 살아가는 사람들 이야기를 다 찾아냈다. 자칫 이
러한 이야기는 그래서 식상한 느낌까지 갖게 된 것
이다.
  여기에 비하면 이근숙 시인의 「영생침술원」은 이
미 그러한 절망의 늪을 헤어나와 비록 후미진 골목
길이지만 침술원을 하고 있는 소경이 주인공으로

자신보다 더 고통 받고 있는 사람들에게 희망의 전
도사 역할을 하고 있는 장면이 묘사되고 있다.

제 앞도 보지 못하는 사람에게 온 몸을 맡겨대는
환자들과의 관계는 자칫 아이러니컬하게 보이지만
「손끝으로 더듬더듬」「딱딱 입 벌어지게」「팍팍 거침
없이 찔러」「살살 아이처럼 달래」「가만가만」으로 이
어지는 구절에서 의태어를 동원하며 마치 눈앞에
침술원 장면이 실감나게 그려지고 있다. 그중에서
도「딱딱 입 벌어지게」라는 표현은 오랜 여운을 남
긴다. 세상 입 딱딱 벌어지게 하는 일이 어디 있었
던가. 돈 벼락이나 떨어져야 입이 딱딱 벌어지는가.
도무지 이 시대에 그만한 일이 없을 것 같은데 이곳
에서는 눈 먼 사람이 눈 뜬 사람들 입을 딱딱 벌어
지게 만든다는 것이다.

뿐만 아니다. 「영생침술원」이란 제목이다. 영생
이라니? 유한의 생에서 영생이란 말은 이 지상에 감
히 존재나 하는 것인가. 솔깃한 이 말이, 가당치도
않은 이 언어가 이렇게 詩속에서 회자되고 그 이상
의 효과를 찾아내고 있다는 것만으로도 이 詩는 의
미가 있다 하겠다.

이 시대에, 문명의 발전만큼이나 상대적으로 불
안한 시기에, 그래서 보험공화국이 된지 이미 오래
된 시대에「영생」이란 말은 화인(花印)처럼 강한 이
미지가 되기도 하는 모습이 신비롭기만 하다.

문단에 첫 발을 들여놓는 이근숙 시인의 이 작품
한 편으로 수많은 신인들의 작품들과 비교하는 일

은 그의 詩的 감각과, 詩的능력과, 詩的 인식을 새
롭게 정립할 수 있는 계기가 된다.

2

詩란 무엇인가? 어떻게 접근해야 하는가? 라는
물음에 답하기가 쉽지 않다. 그러나 답은 의외로 구
체적인 것을 요구하지 않고 「사랑」이라고 정의할
수 있다. 「사랑」이란 무엇인가? 어떻게 접근해야
하는가? 라는 질문에 또 답하기가 쉽지 않다. 그러
나 정작 답은 쉽다. 사랑은 사랑이 원하는 것이 무
엇인지 알고 그것을 해 주는 일이다. 다시 말해 받
는 것도, 막연히 주는 것도 아니라는 것이다. 원하
지 않는 것을 주면서 사랑이라 한다면 그 또한 얼마
나 고역이겠는가.
여하튼 詩=사랑 이란 등식이 성립되고 그러한 사
랑 위에서 詩는 자라게 된다. 이러한 공식을 확인이
라도 하려는 듯한 작품들을 살펴본다.

젖니 두 개
잇몸 다보록한 아기가
젖 빨다 엄마 젖꼭지 꼭 깨물었습니다.

"아야"
엄마가 놀란 소리에 아기는 쌩긋 웃습니다.
엄마가 아기 볼기짝 살짝 때려 줍니다.

그것 봐라,
꽃게는 먹지 말라고 할머니가 말씀하셨지,
아빠가 싱글벙글 놀렸습니다.

아기는 꽃게랍니다.
두 개의 집게 발 닮은 젖니 두 개
닿는 것이면 아무거나 물고 마는

앙징스런 꽃게랍니다.
발그스름한 볼
삐뚤삐뚤 기어보는 배밀이

고물고물 두 손에 잡히는 건
꼭꼭 깨물어야 시원해지는
간질간질 젖니 두 개.
- 「꽃게」 전문

　엄마와 아기 모습이 그림보다 더 아름답게 그려졌
다. 마치 한 편의 동시를 읽는 느낌이다. 굳이 동시
라고 가를 이유가 있는가. 누구나 읽고 느끼고 감동
받으면 그것이 詩건, 童詩건 어떻단 말인가. 젖니
두 개 난 아기와 꽃게와의 연결은 또 얼마나 절묘한
가. 어쩌면 그렇게 닮았단 말인가. 찬탄을 금할 수
없다. 시적 인식이란 대상을 그 자체로만 보지 않고
다른 대상과 연결시키는 과정에서 생기는 현상이
다. 한 편의 詩 속에서 이근숙 詩人의 마음을 읽는
다. 순수한, 그리고 깨끗하고 맑은 감성을 만난다.
그러면서도 섬세한 표현의 씀씀이에서 사랑이란 말
을 쉽게 찾아내게 된다. 사랑 없이 어찌 이런 詩가

나올 수 있을까. 아기와 엄마가 나누는 사랑이 이
작품 속에서는 곧 의미이다.
　이러한 아기 사랑은 손자에게서도 나타난다.

　　　요 녀석, 내 치맛자락 움켜쥐고 흉내내는 요 녀석
　　　내가 쩝쩝 입맛다시면 저도 '쫑쫑' 입술 오므린다.

　　　한 손으로 불쑥 장난감 병아리 집어주면
　　　오동통한 한쪽 손만 보스스 내민다.

　　　눈 맞추고 가만히 집어주면
　　　조가비 양손 포개고 다소곳 받아든다.
　　　　　　　　　　　－「그림자」 일부

　자식 다 키우고 한갓지고 때로 무료한 때에 어린
손자와 만나는 장면은 또 어떤 느낌일까. 그림자처
럼 따라 다니며 할미 모습을 흉내 내는 손자는 또
얼마나 귀여울까. 비록 '쩝쩝'이 '쫑쫑'으로 바뀌어
도 신기하고 신비롭고 신선한 감정은 도저히 숨길
수가 없는 법을 이 詩에서 확인하게 된다.
　이러한 작품은 이근숙 시인을 보다 시인답게 만드
는 중요한 증거가 된다. 순수한 童心도 없이, 뜨거
운 사랑도 없이 어찌 詩人이라 할 수 있을 것인가.
이러한 것을 작품으로 증언도 없이, 담보도 없이 어
떻게 시인이라고 떳떳하게 나설 것인가.

3

이근숙 詩人과의 10년 세월은 이제 그의 눈빛만
보아도, 목소리만 들어도 그의 감정을 다 헤아려 볼
수 있게 만들어 놓았다. 그는 겸연쩍게 웃는 일이
많은데 이는 부끄러움과 여성스러움, 그리고 겸손
함이 함께 배어 나타나는 경우로 보인다. 자근자근
이야기하는, 조심스럽게 진단해 나가는 듯한 그의
모습은 말 그대로 전통적인 '한국의 여인상'을 감지
할 수 있다. 그는 아들을 훌륭하게 키웠으면서도 전
혀 내색을 하지 않고, 화나는 일이 있어도 꼭꼭 눌
러가며 맞대응 하지 않는다. 이러한 여성스러움은
꽃과 비유하건대 「목련꽃」이라 하지 않을 수 없다.

　　　　목련꽃 봉오리 결 고운 붓이다.
　　　　그 비단 붓 들어 무턱대고
　　　　봄 하늘 화선지에 그림 그린다.
　　　　계절의 기지개 끝나기 전 마음 바쁘다.
　　　　올 봄엔 여러 장 파지에서
　　　　한두 장쯤 가려낼 참이다.

　　　　비록 허점 보일지라도 향기 소멸 전
　　　　꽃봉오리 그 순간 표구해야 할 것이다.
　　　　겨우내 벼린 고뇌 아픈 붓끝 세운 지금
　　　　가지마다 한 획, 한 획 꽃불 켜리라

　　　　혹한의 밑동, 언 뿌리 지표 더듬어
　　　　수액 길어 올린 기억 되새기며
　　　　방점인들 함부로 찍을 수 없다.
　　　　꽃샘바람 격려로 심호흡 가다듬고
　　　　미세한 떨림 누르며 주눅 든 꿈 엮는다.

묵은 꿈 펼치는 날, 오금 저리게
눈길 주는 사람마다 주체 못할 탄성으로
저절로 '화(花)야' 입 다물지 못하게
마지막 한 획까지 떨림으로 응시하며
봄하늘 화선지에 붓 끝 세운다.
                              - 「목련꽃」 전문

　많은 시인들이 「목련꽃」을 시의 소재로 삼는다.
또한 아름다운 풍경을 대개 그림 같다고 표현한다.
그림 같다는 표현을 좀 더 구체화 시켜 나가지만 대
개 죽은 비유가 되기 쉽다. 그런 위험 요소를 부담
스럽게 끌어안고 목련꽃 봉오리를 일차 「붓」에다
비유하고 「화선지」를 등장시켜 낯익은 느낌이라 의
아해진다. 「파지」 「표구」 「한 획, 한 획」도 나오지
만 그만그만한 느낌으로 읽혀지는데 그 뒤에서 비
수처럼 꽂히는 낯선 동음이의어가 도사리고 있음을
발견하고 깜짝 놀라게 된다.
　비수란 무엇인가, 시적 비수는 어떤 의도인가, 얼
마마한 놀라움인가.
　다 감당하기 어려운, 이루 측량할 수 없는 무게로
다가오는 「'화(花)야' 입 다물지 못하게」라는 구절
은 그만 이 詩를 읽던 사람들까지 입 다물지 못하게
하는 마력을 갖고 있다.
　열 권의 시집을 만드는 것보다 단 하나의 잊혀지
지 않는 이미지를 만드는 것이 모든 시인들의 소망
이라면 이근숙 시인은 이 한 구절의 이미지로 그 소

망을 이뤘다고해도 좋겠다.

이 정도로 몰고 갈 수 있는 힘이 있다면 「목련꽃」
은 그 누구도 다시 詩의 소재로 채택해도 전혀 무리
가 없을 것이다. 에스키모인들은 눈을 묘사하는 데
만 70여 개의 단어를 쓴다고 하는데 봄을 화사하게
밝히는 「목련꽃」을 묘사하는데 70개를 넘는 표현이
있다면 그 또한 이 시대, 이 세상, 이 시세계에서의
큰 축복이 아니고 무엇이랴.

이근숙 시인의 여성스러움은 이렇듯 詩 속에서 더
차원 높은 여성스러움을 확보해 나가고 있다.

「목련꽃」과 견주어 함께 이야기 할 작품이 「연」이다.
「연」도 이미 많은 시인들의 소재로 각광을 받고
있다. 창공을 나는 연은 이미 「연」자체로서의 의미
를 초월하게 된다. 그래서 詩로 형상화 시켜 나가기
가 그만큼 더 부담스러울 수밖에 없다. 1차로 「연」
을 남과 다르게 보고 써야하기 때문이며, 2차로 생
각 이상의 의미를 확보해야 하고, 3차로 많은 사람
들에게 잊혀지지 않는 여운을 남겨야 하기 때문이다.

생대 잘라 뼈대 만들고
창호지 옷 입힌다.
동그란 방구멍 없이
한 마리 가오리다.
머리에 액(厄)을 새기고
탱탱한 떡 줄이 심장이다.
푸른 하늘 물살에 살짝 놓아

얼레 줄낚시에 손맛을 느끼는
자유롭게 유영하는 한 마리 물고기.

바람 부는 언덕에 올라
얼음장 시린 창공에 방생을 한다.
태생의 자리가 멀수록
처음의 어지러움 사라지고
깃털처럼 가볍게 춤춘다.
흰 포말 같은 구름 위로
가슴을 열어 바람을 타면
아득하게 먼 이상 불빛처럼 다가온다.
그 순간
떡 줄 뚝, 끊어 연(緣)을 버리고 액을 날리며
엉킨 인연들 슬그머니 놓아
가오리 한 마리 자유를 방생한다.
—「연」 전문

이 작품은 연→물고기 까지는 생각의 보편적 유추
로 볼 수 있다, 그러나 물고기→방생은 이근숙 시인
만의 독특한 상상의 산물이다. 「연」이 액땜을 위한,
소원을 빌기 위한 사실적 요소와 「가오리 연」을 통
한 물고기로의 인식 위에 방생이라는 불교적 행위
와 맞물려 「자유」라는 의미를 덧씌워내고 있다. 우
리 현실은 늘 끈에 붙잡혀 일정한 공간을 나는 「연」
과 다를 바 없다. 그 현실의 끈을 끊었을 때 「자유」
를 만날 수 있다는 평범한 진리는 그러나 그리 쉽게
얻어질 수 있는 것만은 아니다.

4

　앞서 이근숙 시인의 순수하고 천진스러움과 여성
스러움에 대한 詩와의 상관관계를 살펴보았다면 이
와 다소 분위기가 다른 우리 사회, 이 시대에 대한
풍자적 형태의 詩를 살펴보려 한다.

　여성이 갖고 있는 여성스러움은 文學속에서 여성
스러움 자체로 남아 있을 수 없다. 그 단계를 뛰어
넘어 우리 사회의 부조리한 그리고 불만적 요소를
직설적이 아닌 비꼼의 미학이라고 불리는 아이러니
를 차용하여 시의 지적 분위기를 상승시킬 수 있다.

　　　쇼윈도 너머로 유혹의 손짓 보내던 푸른 한 시절
　　　빳빳한 자존심 칼날처럼 세우고
　　　발뒤축 한 번쯤 생채기로 오기 부렸습니다.

　　　작은 몸, 몇 십 킬로 거구 들어올리기엔 숨이
　　　턱에 걸리고
　　　뛰거나 걷거나 내 몫의 하루 끝내고 돌아온 길
　　　목마다
　　　흉터 잡혀 먼지 희뿌연 콤팩트로 뽀얗게 화장
　　　을 합니다.

　　　현관 안에 들어서면 한 순간 가지런히 숨 고를
　　　시간에도
　　　어느 때 비상소집 떨어질지 알 수 없어
　　　신경줄 탱탱하게 걸어 놓고 선 잠 듭니다.

　　　쭈그러진 몰골 뼈 마디마디 골다공증 진단 내

려도
맡은 의무 수행 묵묵히 할 것은 물론입니다.
나 구(9)두(2)는 주어진 운명대로 최선을 다하
겠습니다.

어느 날, 삭신이 내려앉는 짐 내려놓고 눈 감
는 날
굴곡지고 망가진 내 자존심 한마디 유언 남길
수도 없습니다.
십 팔(18)
— 「구두 (9×2)」 전문

「구두」는 맨 바닥에 닿는 힘든 역할을 맡고 있다.
늘 주인의 몸뚱이를 싣고 다녀야 하는 천형을 지닌
희생적 존재이다. 여기서 「구두」는 '과연 누구인가'
라는 대목과 부딪치게 된다. 내용상으로는 '빳빳한
자존심으로' '푸른 한 시절'보내던 처녀가 결혼하고
힘든 가사에 시달리다 '골다공증 진단'이 내려지는,
그러다 결국 세상을 떠야하는 한 여인의 일생을 생
각해 보게 되는데 구(9)×두(2)=십팔(18) 이라는 수
학적 곱하기가 끝에 자리 잡고 있어 여인의 숭고한
역할이 자칫 경박해 지는 것은 아닐까 하는 우려를
갖게 한다.
그러나 남편과의 관계에서 아직도 어려움을 당하
고 있는 여성들 입장에 서면 이 이야기는 급격한 탄
력을 확보하게 된다. 꼭 폭력 남편이거나 무능력한
남편이거나 이기적인 남편이야기로 몰고 갈 일도
아니다. 그냥 시적 화자는 여성일지라도 우리 사회

에서 무조건적으로 희생당하고 설움 당하고 힘들게 살아가야 하는 서민들의 이야기로 보면 어떻겠는가. 권력 있고 힘 있는 자들은 구두의 존재는 아랑곳하지 않고 살아가지 않는가.

이러한 자들에겐 구(9)×두(2)=십팔(18) 이라는 계산을 내밀어도 사실 속이 다 풀리지 않는 것 아닌가. 그나마 이렇게라도 말할 수밖에 없는 '주어진 운명'에 순응하듯 살아가는 많은 서민들 편에 설 수밖에 없는 것이 또한 시인에게 '주어진 운명'임을 어찌하랴.

복면은 필요 없다.
우리 은행 털러가자.
노출은 금물이다.
행여 독소 번질까 두렵다.
면장갑 준비하고 얼굴을 감춰라.
지문은 금물이다 행동은 민첩하게
모듬발로 가볍게 뛰어올라
슬쩍 발차기 필요하다.
　　　　〈中略〉
툭, 건드리면 우르르 쏟아질 쿠린 은행들
준비해간 자루에 주둥이가 버겁도록
한낮에 당당하게 은행을 털어
보란 듯이 차 뒷좌석에 싣고
쌩, 쌩 대로를 달려오자.

검문소에 걸려도 걱정 없다.
당당하게 우리 은행 털러가자.
　　　　　　　　　　－「은행 털러가자」에서

재미있는 발상이 돋보인다. '은행 털러가자'니. 이렇게 과감한 시 구절이 있다니. 그러나 다시 읽다 보면 (생각이 그렇단 말이구나) 라고 느끼며 입가에 미소를 짓게 된다. 때로 「은행 털어 돈방석에 앉아 보고 싶은」 꿈을 꿀 수 있다. 설령 그것이 죄가 되더라도 생각, 말이 그렇다는데야 달리 시비 걸 일이 없다.

더구나 그 생각마저도 알고 보니 「쿠린 은행」이라는 데야. 세상 '쿠린 돈'들은 또 얼마나 많은가. 아마 '쿠린 은행알' 이나 '쿠린 돈' 은 일일이 세어보지 않아도 막상막하가 아닐까.

이 시는 외형적인 이런 은행알 이야기지만 읽다 보면 왠지 시원한 느낌이 든다. 대리만족이 무엇인지 알 것 같다. 살다살다 힘들어 은행이나 털고 싶은 충동이 생긴다면 그 심리적 욕구를 대신 해결해 주는 듯한 그것만으로도 이 작품은 성공이다. 꼭 詩가 의미있어야만 하는가.

이근숙 시인은 이러한 모르는 척, 어눌한 척 하면서도 사실은 우리가 살고 있는 시대에 날카로운 메스를 갖다대고 있다. 이는 지적인 사람만이 표현해 낼 수 있는 최상의 표현방법이다.

> 모 아파트 어느 댁에서는
> 상전을 모시는데
> 너무도 극진하게 받들어
> 이웃에 소문이 자자하니

듣는 이마다 입 다물지 못한다.
희귀하게도 척추를 삐끗하여 부리나케
응급실로 모셔가고 행여 마음 부딪칠까
달포 가까이 호텔에 기식하게 하셨다.
행여 재발하실까 떠받들고 위하기를
휠체어 수입해 들이시고 병 수발에
보양식은 육년근 삼(蔘) 곁들여 약 병아리 고아
사례들까, 체기들까, 두 손 맞잡고 시중이다.
병석 뒤 남눈에 허술할까
프랑스산 욕조에 향기로운 세정 샴푸
비단 조끼 발싸개 보료를 깔아놓고
조심조심 덧나실까 안아서 변 뉘신다.
그 정성이 가상하여 동네방네 사람들
그 놈 팔자 상팔자라.
여기서 소곤소곤 저기서 수군수군
견공시대 도래다. 21세기 지금은,
– 「견공시대」 전문

　모 아파트 어느 댁 이야기다. 남 사는 일 갖고 웬
참견이냐고 말할 수 있지만 세상일이란 그렇지가
않다. 사람처럼 살아야 하기 때문이다. 처음에는 시
아버지 이야긴가, 친정어머니 이야긴가 하고 읽으
며 그래야지…그래야지를 연발하게 되다가 속내를
알고 나서는 고약한, 괘씸한 생각이 들게 된다. 세
상일이란 정도가 있는 법이다. 개도 식구라 하지만,
개는 개일 뿐이다. 사람과 사람 사이가 아무리 나쁘
다 해도 개만도 못해서야. 또 사람과 사람 사이에서
부딪치는 일은 사람이기 때문이다. 아무리 사람사
이에 정이 메마르고 각박한 인심으로 치닫고 있어

도 사람이 사람을 버리고 개에게 집착하는 것은 문제가 아닐 수 없다. 동물은 동물로 사랑하고 아껴야 그 가치가 있게 된다. 「견공시대」는 「주객전도」처럼 「人犬전도」가 가져온 이 시대 풍속도에 대한 비판이며 비꼼이다. 그 사이에 사람 사랑이 깔려 있다.

이 외에도 시인의 눈에 비치는 비판의 대상들은 무궁무진하다. 첨단 문명사회 속에서 의외로 찬찬히 살펴보면 모순된 일들이 어디 한두 가지 보이랴. 그것들을 詩 속에 담아내는 이근숙 시인의 솜씨는 재미있고 때로 놀랍기조차 하다.

5

노자(老子)는 「대방 (大方)」에 구석 없고, 대기(大器)는 만성(晚成)한다」고 말했다. 大인물은 그리 간단히 되어지는 것이 아니라는 것.

이근숙 시인은 늦게 문학에 뜻을 두고, 늦게 문단에 나왔다. 하지만 이는 노자의 「대기만성」이란 말로 그 어려운 여건을 하나하나 불식시켜 나가고 있다. 최근에는 詩보다 수필 쪽에도 큰 관심을 보이고 있다. 수필에서 확보하게 되는 산문적 이야기들을 詩 속으로 끌어들여 詩化시켜 나간다면 오히려 좋은 詩를 많이 쓸 수 있으리라 생각된다. 극한 산문성과 함축적인 시와의 관계에서 자칫 혼란을 일으킬까 우려도 되지만 독도 다스리면 약이 되는 법. 문학의 자리를 늘 확인하고, 위치를 간파하여 더 성

숙한 詩世界를 가꿔 나가기 바란다.

  누구나 마찬가지겠지만 그의 詩에도 귀소본능이 상당부분 나타나고 있다. 어릴적 고향에 대한 향수는 「노스탈지아의 손수건」을 아무리 흔들어 대도 마음 한구석이 아프기만 하다.

쓸쓸한 고향집
안채 처마 끝
제비 한 쌍 둥지 틀어
새 식구 늘었다.
인적 드문 빈 마당
빨랫줄에 앉아
어머니 동무 된다.

자식들 미련 없이 떠나버린
허허로운 넓은 집
고맙게 터전 일궈
다보록 새끼 낳고
지지배배 온기 없어 생기 넘친다.
온종일 보채는 아기 제비 재롱에
차마 눈 떼지 못하는 어머니 일상.

아비어미 입맞춤으로 배 불리고
포만감에 푸드덕 서툰 날개 짓
어머니 어린 것들 우리 형제들
분잡 떨던 안방 건넌방처럼
고 작은 둥지 안 꼬물꼬물 야단났다.
저 놈들, 훨훨 날개 짓 수월하면
본 척 만 척 미련 없이 날아갈 것들.
                    —「입맞춤」전문

도농 간의 격차가 심각하다고 이야기 한다. 도시는 갈수록 번잡하고 거대해지며 인공적인 요소들로 북적대고 있다. 상대적으로 농촌은 쇠락하다 못해 쥐 죽은 듯이 고요하다. 이 상태로 나간다면 농촌은 붕괴 될 것이다. 이 자연스러워진 대조 관계는 「도농 간」이란 생소한 말 속에서 극명하게 확인된다. 이는 「농촌 현실」이라고 말해도, 그 어떤 표현으로도 실감나게 그려낼 수 없다. 혼자 고향을 지키는 어머니와 제비 한 쌍 찾아와 일가를 이루며 살아가는 모습을 제시하고 있는 이 장면이 눈물 속에 어리게 됨은 화자만의 이야기가 아니라 우리의 이야기이기 때문이다.

　고향으로의 회귀, 이 자연스럽고 아름다운 마음 속에 한 가지 덧붙이고자 한다. 문학으로의 회귀 - 이는 곧 고향으로의 회귀가 아니고 무엇이랴. 우리가 문학을 한다는 것은 결국 이 시대를 올 곧게 살며, 꼿꼿하게 제 자리 지키며, 아무도 없는 고향에 생각으로, 상상으로, 문학으로 홀연히 찾아가듯 살아가는 일 아니던가. 그 고향으로 가는 길에서 그 문학으로 가는 자리에서 자주 우리 만나면 그것만으로도 참, 행복하겠다.